HURLEURS

JOEL A. SUTHERLAND

Texte français d'Hélène Rioux

SCHOLASTIC

*Pour Colleen, qui m'a fait rire pendant une des années
les plus bizarres de ma vie.*

Catalogage avant publication de Bibliothèque et Archives Canada

Titre: Hurleurs / Joel A. Sutherland ; texte français d'Hélène Rioux.
Autres titres: Screamers. Français
Noms: Sutherland, Joel A., 1980- auteur.
Description: Traduction de : Screamers.
Identifiants: Canadiana 20220221707 | ISBN 9781443194457 (couverture souple)
Classification: LCC PS8637.U845 S3714 2022 | CDD jC813/.6—dc23

Références photographiques :
Photographies de la couverture © Antracit/Shutterstock; Yakov Oskanov/Shutterstock;
ZargonDesign/Getty Images.
Illustration de l'intérieur de Maria Nguyen.

Édition publiée par les Éditions Scholastic, 604, rue King Ouest, Toronto (Ontario) M5V 1E1,
Canada.

5 4 3 2 1   Imprimé au Canada 114   22 23 24 25 26

CHAPITRE
un

Sai s'efforçait de défaire les liens qui le retenaient à la vieille chaise métallique sur laquelle il était assis.

— Libère-moi tout de suite!

Retenu en otage, il était entré dans la phase de colère. L'adrénaline qui courait dans ses veines décuplait sans aucun doute sa force, mais je n'avais aucune inquiétude : il serait incapable de se libérer. Après l'avoir traîné sous le chapiteau, je l'avais moi-même ligoté et je m'étais assurée deux fois, trois fois même, que les nœuds étaient aussi serrés que possible. Sai était retenu à sa chaise par de longs et minces ballons — le genre dont on se sert pour créer des chiens, des épées et des couronnes aux fêtes d'anniversaire pour enfants — qui s'enfonçaient dans ses poignets et ses chevilles. J'avais utilisé tout un paquet de ballons pour immobiliser chacun de ses membres. Sai n'irait nulle part.

Pas avant que j'en aie fini avec lui.

Et alors, il en aurait fini avec ce monde.

— Mais on a tellement de plaisir, dis-je, en contournant lentement le dos de sa chaise. Et le meilleur est encore à venir.

Je pinçai mon nez de clown rouge qui claironna bruyamment dans le silence de la tente sans lumière. En entendant ce son joyeux, Sai gémit pathétiquement.

Il fit un ultime effort pour libérer ses bras. Sans succès. Il soupira et resta immobile, la tête penchée en avant.

— Écoute, il n'est pas trop tard, reprit-il après un moment de silence. Tu peux me libérer. Jusqu'à présent, tu ne m'as fait aucun mal. Je ne dirai rien à personne, ni à mes amis ni à mes parents ni aux policiers. À personne! Je te le promets, mais... laisse-moi seulement m'en aller. S'il te plaît.

— Ah! Bien sûr. L'étape des supplications, rétorquai-je. « S'il te plaît, s'il te plaît, s'il te plaît, laisse-moi partir. Je n'en parlerai pas, je te le promets. Je te donnerai tout ce que tu veux. Je vendrai tous mes proches. Je vendrai mon âme. Mais libère-moi et oublions toute cette affaire. » Ils parviennent tous tôt ou tard à cette étape et ils me font toujours les mêmes promesses vides. Des mensonges, évidemment. Comme si tu allais retrouver ta vie normale après tout ça. Et que tout serait parfait, que tout irait pour le mieux dans le meilleur des mondes et que tu ne passerais pas le reste de ta misérable existence à regarder par-dessus ton épaule en ayant peur de voir mon visage...

Je me penchai près de Sai, l'obligeant à regarder ma face blanche, mon nez rouge, mes lèvres écarlates et les minces lignes verticales sur mes yeux.

— Mon visage dans l'ombre qui te rendrait ton regard...

En souriant, je mis mes mains sur les épaules de Sai et serrai — pas trop fort, juste assez pour qu'il sente la pression. Il frissonna et se raidit.

— Tu n'es même pas réelle, dit-il. C'est impossible que tu le sois.

— Malheureusement pour toi, mon ami, je suis très, très réelle.

Je serrai de nouveau ses épaules pour le lui prouver.

— Mais tu, tu, tu, reprit-il, bafouillant et bégayant. Tu es morte il y a des années.

Je contournai le dos de sa chaise et éclatai de rire, un son maniaque que je fis se tordre, craqueler et se répercuter comme s'il avait pris vie, un rire qui se poursuivit bien après que je me sois tue, bondissant sous le chapiteau.

— Je constate que tu as atteint la phase de l'incrédulité, dis-je. Je ne te blâme pas. Il doit être difficile de comprendre pour quelqu'un comme toi, mais la mort ne m'a pas arrêtée.

D'un bond, je fus de nouveau devant Sai.

— J'ai encore tant de sourires à partager!

Je fis un grand sourire, sentis mes lèvres peintes

s'étirer et se fendiller, puis je claquai trois fois mes dents ensemble. *Clic, clic, clic.*

Une larme ronde et tremblante resta accrochée un instant aux cils de Sai avant de se détacher et de rouler sur sa joue.

— C'est une vraie larme? demandai-je, vraiment impressionnée.

Tellement impressionnée que je renonçai à mon personnage et à ma voix de clown maléfique pour parler sur un ton normal.

— Tu es capable de pleurer sur commande?

Sai sourit et éclata de rire avant d'essuyer cette larme de crocodile.

— Oui, Zoé, je peux pleurer sur commande.

Il ne voyait plus le personnage que j'avais fait semblant d'être pendant notre scène, mais le vrai moi : Zoé Winter, vedette de la série populaire *Hurleurs*, portant un costume et un maquillage de clown, gracieuseté des services des costumes et du maquillage.

— Nom d'un chien, Sai! m'écriai-je. Je connais plein de comédiens professionnels qui ont brillé dans une douzaine de superproductions sans même pouvoir faire monter la moindre petite larme à leurs yeux.

Le chapiteau — une image que j'étais la seule à voir, suscitée par mon imagination de façon à me permettre d'incarner pleinement mon personnage — fut remplacé par le bureau de la production dans lequel nous nous trouvions quand je revins à la réalité. Je me tournai vers Clarice et Antoine, assis à une table de l'autre côté de la pièce. Cette table était jonchée de notes, de photos d'acteurs et de tasses de café. Au milieu de tout ce bric-à-brac, une caméra posée sur un trépied enregistrait notre performance pour que nous puissions visionner plus tard les séquences filmées. Mais je sentais qu'il ne serait pas nécessaire de revoir la performance de Sai. Dans mon esprit, il était déjà un favori.

— Pas facile d'ouvrir les vannes comme ça, dis-je à Clarice et à Antoine. Ce garçon a du talent.

Je me retournai et vis Sai sourire de toutes ses dents.

— Je pense comme Zoé, dit Clarice. C'était très bien, Sai.

Clarice était l'une des scénaristes de la série dont elle réalisait souvent des épisodes. Elle se tourna vers Antoine, le producteur.

— Ton avis, Antoine?

— Mon avis? répondit celui-ci.

Il avait presque quatre-vingts ans, ce qui ne l'empêchait pas de travailler aussi fort, sinon plus, que tous les autres membres de l'équipe de *Hurleurs*. La série était son bébé, comme il aimait nous le rappeler, et il se montrait incroyablement protecteur à son égard. Il n'était pas du genre à se répandre en louanges et c'était presque impossible de déchiffrer ses pensées. Lorsqu'il te disait que tu avais fait du bon travail, tu savais que tu avais été *excellent*.

— Eh bien, c'est le premier bout d'essai de la journée pendant lequel je n'ai pas consulté mon téléphone une seule fois.

Je me tournai vers Sai et levai subrepticement le pouce en l'air.

— C'est parfait. Bien, dit Clarice en arrêtant la caméra. Merci d'être venu, Sai. Nous communiquerons avec toi.

— Fantastique! s'écria-t-il avec enthousiasme. Merci encore de m'avoir permis de passer cette audition. Je réaliserais un rêve si je jouais dans un épisode de *Hurleurs*.

Clarice sourit tandis qu'Antoine consultait finalement son téléphone. Je bus une grande gorgée d'eau pour étancher la soif que j'éprouvais toujours après avoir joué une scène intense, même s'il ne s'agissait que d'un bout d'essai.

Sai ne se leva pas pour prendre congé.

— Hum, quelqu'un pourrait-il me détacher? demanda-t-il.

— Oh! C'est vrai!

Je me hâtai de déposer mon verre et de dénouer les ballons qui le retenaient à la chaise.

— Désolée, dis-je.

— Tu n'as pas à t'excuser, Zoé, répondit-il.

Après quelques derniers remerciements, Sai sortit de

la pièce. À travers la porte entrebâillée, j'entendis sa mère lui demander ses impressions. Il lui dit que tout s'était très bien passé.

—Bien qu'elle soit une vedette, Zoé Winter semble vraiment gentille, ajouta-t-il. Terre à terre. Une fille normale.

Une sensation de chaleur, de bonheur envahit ma poitrine et se répandit dans tout mon corps. *Vraiment gentille. Terre à terre. Une fille normale.*

C'était exactement ce que je voulais être, une fille normale de quatorze ans, mais la plupart des gens me voyaient autrement. Ils voyaient ce que les médias voulaient qu'ils voient : la jeune vedette d'une série populaire, une enfant qui possédait plus d'argent que beaucoup d'entre eux n'en verraient jamais de toute leur vie, une étoile qui ne vivait que sur un plateau ou un tapis rouge. Ou bien ils voyaient ce à quoi, selon eux, une personne comme moi devait ressembler : une enfant gâtée, riche, à qui l'on offrait le monde sur un plateau d'argent, et tout cela en grande partie grâce à son aptitude exceptionnelle à hurler à un niveau de décibels surhumain.

Les gens voyaient rarement celle que j'étais vraiment : juste une fille qui aimait jouer la comédie et pour qui le déclic s'était produit quelques années plus tôt; une fille à qui sa mère faisait l'école à la maison pour qu'elle s'adapte à l'horaire de production de la série, une fille qui ne pouvait sortir en public sans être déguisée, et qui songeait à renoncer, à tout quitter.

Terre à terre. Ces mots résonnaient comme une musique dans mes oreilles. Si Sai était choisi pour un des trois rôles pour lesquels nous faisions passer une audition dans le cadre d'un concours national, nous pourrions peut-être devenir, eh bien... des amis. J'espérais me lier d'amitié avec tous ceux qui gagneraient le concours.

Ne va pas trop vite, Zoé, pensai-je. *Tu n'as pas envie d'effrayer qui que ce soit en te montrant bizarre ou en manque d'affection.*

—Il me plaît, dis-je à Clarice et à Antoine. Qui est le suivant?

CHAPITRE
deux

Le concours avait obtenu un succès considérable.

Il s'agissait d'une campagne de marketing conçue pour souligner le cinquantième épisode de la série et le début de la troisième saison. Près de dix mille jeunes de mon âge de tout le pays y avaient participé. Après avoir passé au peigne fin des centaines d'heures de vidéos, l'équipe de production avait invité dix adolescents « ordinaires » au studio de Toronto. Ils feraient un bout d'essai avec moi pour être certains que nous avions ce qu'Antoine et Clarice appelaient « une alchimie ».

Après avoir rencontré Sai et quelques autres jeunes jugés acceptables, nous fîmes entrer Aaliyah. Elle pénétra dans la pièce et retint aussitôt mon attention. Elle se dirigea directement vers moi et me serra la main avec une telle fermeté que je ne pus qu'admirer son assurance. Elle avait l'air d'une vedette, encore plus que moi.

—Je suis si contente de te rencontrer, Zoé, dit-elle.

J'admire tellement ton travail.

— Merci, répondis-je. Moi aussi je suis ravie de faire ta connaissance.

— Penses-tu, si ça ne te dérange pas, bien sûr, que nous pourrions faire une photo avant mon départ?

— Peut-être, dis-je sans me compromettre.

Avec un peu de chance, elle aurait oublié la photo à la fin de l'audition. Je m'efforçais de rester le plus possible loin des yeux du public.

Elle sourit poliment et je lui indiquai la chaise de l'autre côté de la table, en face de Clarice, d'Antoine et de moi. Nous nous assîmes.

— Parle-nous un peu de toi, Aaliyah, commença Clarice. Pourquoi as-tu participé au concours?

— Eh bien, en plus d'être une admiratrice de Zoé, je suis une inconditionnelle de *Hurleurs*. J'ai regardé chaque épisode au moins trois fois et j'ai lu tous les livres. J'adore l'horreur. Des séries comme *Hurleurs* m'ont aidée à traverser des moments très difficiles. Si je suis capable de surmonter mes peurs quand je lis ou regarde une histoire de fantômes, j'aurai suffisamment de courage pour les affronter dans ma vie quotidienne.

Clarice sourit et Antoine hocha même la tête, ce que j'interprétai comme un signe positif : il était impressionné. Mais quelque chose dans les paroles d'Aaliyah me donna une impression de déjà vu.

—Très bien, reprit Clarice en nous regardant à tour de rôle. Voyons maintenant comment vous jouez ensemble.

Je mis un moment à ligoter Aaliyah à la chaise avec des ballons identiques à ceux que j'avais utilisés pour Sai et les autres. Clarice avait suggéré que ce serait peut-être amusant si, pendant les auditions, je jouais le rôle de Beauregard, un clown fantôme malveillant et le méchant personnage de l'épisode intitulé « La reine hurleuse », que nous préparions. J'avais sauté sur l'occasion et mordu à pleines dents dans le rôle. Comme je jouais toujours celui du bon personnage, je pensai que je m'amuserais à incarner le méchant pour changer... même si c'était seulement pour les bouts d'essai.

À la fin du tournage de la deuxième saison, j'avais commencé à me sentir tendue, et même à m'ennuyer un peu. J'étais prête pour quelque chose de nouveau, quelque chose qui mettrait au défi ma créativité. Je ne le dirais jamais à personne, pas même à ma mère. Dans l'industrie du spectacle, nous n'avons que la popularité de notre dernier projet, et celle de *Hurleurs* ne montrait aucun signe d'essoufflement. Comment pourrais-je y renoncer, même si mon cœur n'était plus complètement de la partie? Chaque épisode traitait d'un nouveau groupe de jeunes aux prises avec toutes sortes d'activités paranormales dans différentes régions du pays; ainsi, moi et les autres acteurs de la série jouions chaque semaine différents personnages. Mais les miens étaient tous des variantes du même stéréotype : la fille paumée qui tombe sur un lieu hanté quelconque puis découvre qu'elle est assez brillante et courageuse pour sauver la situation. Hourra, youppi, bravo, et générique de fin.

En plus de commencer à trouver mon travail un peu répétitif, j'avais aussi de plus en plus l'impression de manquer quelque chose : avoir des amis normaux, fréquenter une école normale, vivre une adolescence normale. Je ne pouvais même pas aller acheter une tablette de chocolat au dépanneur sans qu'on me remarque.

— Ç'a été l'émotion de ma vie, dit Aaliyah dès que nous eûmes fini de tourner la scène. Mes abonnés — *amis* — seront tellement jaloux quand ils sauront que j'ai joué ce bout d'essai avec toi, Zoé.

Je hochai la tête en souriant.

— Ce n'est pas une grosse affaire. Tu as été fantastique.

Elle mit la main sur son cœur.

—Vraiment? C'est ce que tu crois? Merci!

Le visage plein d'espoir, elle leva son téléphone.

— On peut faire cette photo, tu crois?

— Oh! C'est vrai, dis-je. Si ça ne te dérange pas, je vais passer mon tour. Je ne suis pas vraiment à mon meilleur, ajoutai-je en agitant la main devant mon visage de clown.

Aaliyah éclata de rire.

—Tu es superbe, mais je comprends. J'espère que nous nous reverrons et que je pourrai alors nous prendre en photo.

Après son départ, Clarice et Antoine jugèrent tous deux qu'elle avait du potentiel.

—Au moins, elle est enthousiaste, commenta Antoine, ce qui, dans sa bouche, était un compliment.

—Et quand elle a dit que les histoires d'horreur lui donnaient suffisamment de courage pour affronter ses peurs dans la vraie vie? ajouta Clarice en hochant la tête avec optimisme. C'est puissant.

Et voilà! C'est ce qui m'avait donné une impression de déjà vu.

—Ouais, c'est une bonne candidate, dis-je.

Parce qu'elle l'était. Comparée aux autres filles que nous avions auditionnées pour le rôle, Aaliyah était jusqu'à présent la meilleure.

Mais ce qu'elle avait dit à propos de la peur était la copie presque conforme d'une réponse que j'avais donnée à une émission matinale à peu près un an auparavant. Je ne m'en étais pas souvenu tout de suite parce que j'avais accordé des centaines, sinon des milliers d'entrevues au cours des années, dont plusieurs l'une après l'autre le même jour dans le cadre de tournées de promotion qui avaient transformé mon cerveau en bouillie. Les paroles d'Aaliyah étaient-elles une simple coïncidence? Ou bien avait-elle regardé mon entrevue sur YouTube et mémorisé mes propos dans l'espoir de nous impressionner?

Ou — une pensée encore plus terrifiante — était-elle un genre de harceleuse? Elle avait mentionné à plusieurs reprises qu'elle était une admiratrice inconditionnelle et qu'elle était si heureuse de me rencontrer...

Je secouai la tête. Mon imagination s'emballait, rien de plus. Elle n'était pas une harceleuse.

Probablement pas.

—As-tu changé d'idée à propos d'Aaliyah, Zoé? me demanda Clarice.

Elle avait dû me voir secouer la tête et devait penser que j'avais des doutes.

J'en avais, mais, pour l'instant, je préférai les chasser de mon esprit.

—Non, mentis-je. Pas du tout.

CHAPITRE
trois

Jason demanda avec un grand sérieux :

— Savez-vous que Pennyland est un lieu réellement hanté?

Il était le dernier candidat que nous recevions en entrevue, et bien que fatiguée après une longue journée, sa question me fit me redresser sur ma chaise.

— Bien sûr que nous le savons, répondit Clarice. C'est en partie pour ça que j'ai écrit tout l'épisode qui se déroule là-bas.

Hum, *je* ne savais pas que Pennyland était un endroit vraiment hanté, mais je ne pouvais pas le dire. Je ne voulais pas avoir l'air de celle qui n'était pas dans le secret des dieux. J'avais lu le scénario de « La reine hurleuse », mais il ne contenait pas d'information sur le lieu. Dans le scénario, Pennyland était un vieux parc d'attractions abandonné dans la banlieue de Winnipeg. Il était hanté par Beauregard, un clown maléfique, et une douzaine de gens innocents qu'il avait assassinés. Je savais que dans le livre *Hurleurs*, l'intrigue se déroulait dans un endroit sinistre, authentique, et qu'elle tournait autour de vraies légendes, de folklore. Mais les « histoires vraies » n'étaient que ça : des légendes et du folklore. Les fantômes n'existaient pas et les lieux hantés non plus.

Mais Jason avait parlé avec une telle conviction que je remis les miennes en question, du moins un peu.

— Je ne parle pas de quelques personnes qui prétendent avoir entendu des pas quand elles étaient seules, reprit-il avec un sourire qui me fit me demander si la visite de Pennyland le passionnait davantage que l'émission. Ou qui ont senti un courant d'air glacé par une chaude journée d'été, ou qui ont eu la sensation d'être épiées par des yeux invisibles. Je parle de multiples comptes rendus d'événements incroyablement sinistres révélés par des témoins oculaires fiables.

Clarice sourit, mais son sourire me parut manquer de sincérité :

— C'est pourquoi nous croyons que cet épisode sera parfait pour inaugurer la saison trois.

— Entièrement d'accord avec vous!

Jason bondit pratiquement de sa chaise en le disant. À présent, j'en étais sûre : la chasse aux fantômes le stimulait *vraiment* plus que la possibilité de jouer un rôle.

— Bien des gens croient que les lieux les plus hantés du pays sont l'hôtel Banff Springs ou le Temple de la renommée du hockey, ou même l'un des phares le long de la côte est, reprit Jason. Mais aucun de ces endroits n'arrive à la cheville de Pennyland. Cet épisode sera mémorable. Vous êtes vraiment brillants!

L'expression de Clarice devint plus chaleureuse et les lèvres d'Antoine se retroussèrent légèrement aux commissures, ce qui, dans son cas, était ce qui se rapprochait le plus d'un sourire.

Jason nous assura qu'il réaliserait un rêve s'il jouait dans cet épisode. Clarice lui posa d'autres questions, puis j'interprétai avec lui la scène que j'avais jouée avec tous les autres candidats. J'avais beau sentir que les fantômes l'intéressaient davantage que n'importe quoi d'autre, il avait du talent. Peut-être pas autant que Sai, mais il était loin d'en manquer.

Après son départ, je ne pus cesser de penser à ce qu'il avait dit à propos de Pennyland. Je m'excusai donc et me précipitai derrière lui. Heureusement, il n'était pas allé loin. Il se trouvait au milieu du couloir et parlait avec un homme que je supposai être son père. Je courus pour les rejoindre.

— Hé! Jason, dis-je, une fois près d'eux.

Il se retourna et ses joues s'empourprèrent quand il me reconnut.

— Oh! Hé!

Il sortit de sa poche un des minces ballons que j'avais utilisés pour l'attacher à la chaise.

— Je jure que je ne l'ai pas fait exprès, je ne l'ai pas pris comme souvenir ni rien de ce genre et j'allais vraiment vous le renvoyer pas la poste dès que je serais rentré chez moi.

— Quoi?

Je regardai le ballon en fronçant les sourcils.

— Je me fiche de ce ballon. Tu peux le garder.

Soulagé, il hocha la tête et le remit dans sa poche.

Son père pointa un pouce vers moi.

— Qui est ce clown? demanda-t-il à son fils.

— Papa! hurla Jason, mortifié.

Ses joues devinrent encore plus rouges, tellement que je crus ses vaisseaux sanguins sur le point d'éclater.

— C'est Zoé Winter! La vedette de *Hurleurs*.

Ce fut au tour du père de Jason de rougir.

— Oh! Mon Dieu! Je suis tellement désolé! Je n'avais pas l'intention de te traiter de *clown*. C'est juste que... tu es maquillée comme un clown et j'ai cru...

Il tourna son regard vers son fils. Jason semblait vouloir ramper dans un trou et y mourir.

— J'ai cru...

Il se tourna et indiqua d'un geste l'extrémité du couloir.

— Je vais juste marcher dans cette direction. Enchanté

d'avoir fait ta connaissance, Zoé. Jason, prends tout le temps qu'il te faudra.

— Je regrette tellement, dit Jason quand nous fûmes seuls. Ce n'est pas tous les jours que mon père insulte une célébrité.

— Ne t'en fais pas pour ça. Il plaisantait. En fait, j'espérais parler avec toi. Tu as une minute?

Il regarda son père qui s'éloignait rapidement.

— Maintenant, oui.

Après avoir trouvé un coin tranquille avec quelques chaises, nous nous assîmes.

— Que se passe-t-il? me demanda Jason. J'ai obtenu le rôle? Ou bien mon père vient-il de me le faire perdre?

— Sois sans crainte, ton père n'a pas gâché tes chances. Ils n'ont pas encore eu le temps de prendre des décisions définitives, mais tu as été convaincant. Je voulais que tu me parles de Pennyland. Tu as l'air d'en savoir beaucoup sur les fantômes.

— Je suis obsédé depuis que mon père m'a fait regarder sa vieille copie VHS complètement déglinguée de *SOS Fantômes*, quand j'avais quatre ans. J'ai lu tous les bouquins de Jeremy Sinclair, les séries *Hurleurs* et *Côtes hantées*. J'aime particulièrement *Côtes hantées* parce que ce sont des histoires vraies. J'ai passé des heures innombrables en ligne à rechercher des lieux hantés. J'ai même une panoplie d'appareils pour la chasse aux fantômes et je m'en sers pour faire mes propres enquêtes. Alors, ouais, j'en sais beaucoup sur les revenants.

J'eus froid dans le dos.

— Rechercher des maisons hantées au milieu de la nuit ne me semble pas une bonne façon de passer un moment agréable.

— Ce n'est pas mal si on ne le fait pas tout seul. J'ai un petit groupe d'amis qui aiment ça, eux aussi, alors on passe des nuits fantastiques. Lampes de poche, boissons, friandises...

— Des bâtonnets au fromage?

— Bien sûr! Une chasse aux fantômes ne serait pas complète sans bâtonnets au fromage.

Les collations avaient l'air délicieuses, mais j'étais surtout conquise par la perspective de passer la nuit dehors avec des amis. C'est vrai que j'étais un peu craintive quand il s'agissait de trucs qui font peur dans la vraie vie, mais je devais admettre que tout ça ressemblait à une partie de plaisir.

— Je ne me rappelle pas la dernière fois où j'ai fait quelque chose d'aussi amusant. Les dernières années se résument en un mot : travail, travail, travail.

— Oh! s'exclama Jason, qui cessa de me regarder et baissa les yeux vers le sol. C'est... comment dire... un peu triste.

— Je plaisantais, dis-je, résolue à le convaincre que je ne

parlais pas sérieusement. J'ai assisté à une fête organisée par la production, l'an dernier, et c'était formidable. Et l'autre jour, j'ai pris une pause de cinq minutes sans penser au tournage, ni à l'école ni à la maison, ni à rien.

—Tu es complètement dingue, Zoé.

— Ne raconte ça à personne, d'accord? Je dois maintenir ma réputation.

— Ça va, répondit Jason en hochant la tête. Que veux-tu savoir à propos de Pennyland?

Après tout ce que nous avions dit sur les bâtonnets au fromage, les fêtes et les nuits passées dehors avec des amis, j'avais complètement oublié Pennyland.

—Eh bien, qu'est-ce qui le rend plus hanté que les autres endroits que tu as mentionnés?

Il m'observa comme s'il se demandait ce qu'il allait me révéler.

—Il y a très longtemps, il y a eu un accident et, bon, les fantômes de Pennyland sont... malveillants. La méchanceté à l'état pur.

—La méchanceté à l'état pur? répétai-je en sentant une petite boule se former à l'arrière de ma gorge.

— Ouais, à l'état pur. Pense aux fantômes et aux esprits frappeurs les plus effrayants que tu aies vus dans des films d'horreur, ou même dans un épisode de *Hurleurs,* et multiplie ça par dix.

—Mais les fantômes ne peuvent pas faire de mal aux

vivants, protestai-je. Qu'est-ce que je raconte? ajoutai-je en riant nerveusement. Les fantômes n'existent même pas.

Jason eut l'air d'avoir été giflé.

— Quand je pense que j'étais sur le point de t'inviter à une de mes chasses aux fantômes.

Je regrettai aussitôt mes paroles.

— Tu allais m'inviter?

Son air offensé laissa la place à un grand sourire malicieux.

— Je blaguais!

Son sourire s'élargit.

— Je n'allais jamais t'inviter.

C'était vraiment un bon acteur. J'avais tout avalé.

Son téléphone sonna.

— C'est mon père, dit-il après avoir répondu. Il est mal à l'aise et veut partir. Ç'a été un bonheur de te rencontrer, Zoé.

— Pour moi aussi, Jason.

Il se tourna et s'éloigna. Je retournai au bureau, où je retrouvai Clarice et Antoine.

— Ah! Te voilà, Zoé, dit Clarice.

— Nous pensons avoir choisi les lauréats du concours, annonça Antoine.

— Qu'en penses-tu? me demanda Clarice.

Je m'approchai de la table et contemplai les visages

qui me regardaient : Sai Devan, Aaliyah Hill et Jason Lam.

—Je pense que nous avons trouvé nos acteurs, répondis-je.

CHAPITRE
quatre

Le dévoilement des vainqueurs fit la une des journaux dans tout le pays. Nous fûmes tous les quatre interviewés par une douzaine de stations de télévision et de sites Web. Le studio réserva un après-midi pour une séance photo afin d'avoir de nombreuses images de nous à distribuer au compte-goutte au fil de la production de « La reine hurleuse ». Je me sentais fébrile chaque fois que j'allais rencontrer Sai, Aaliyah et Jason, mais ces moments étaient trop brefs. Entre les séances de maquillage et de coiffure, les photos et les entrevues, nous avions à peine le temps de parler d'autre chose que de l'émission. Mais nous nous entendions bien et j'étais contente de savoir que nous aurions bientôt tout le loisir de nous balader, de bavarder et de faire ce que font les adolescents normaux de notre âge. Il y a cette expression très connue que disent les gens à propos de la production de films et d'émissions de télé : dépêche-toi et attends.

Je pouvais attendre.

Et le temps passa. Lentement, mais j'étais patiente. Ma mère respectait notre calendrier d'école à la maison afin que je ne prenne pas de retard dans mes études. J'avais du travail de postproduction à faire pour la finale de la saison deux avant qu'elle soit diffusée — juste un peu de postsynchronisation pour des dialogues qui manquaient de clarté. J'avais une pile de scénarios à lire, les quelques premiers épisodes qui seraient filmés après le tournage de « La reine hurleuse ». Passant à la vitesse supérieure pour capitaliser sur l'engouement suscité par le concours, mon agent aligna des rencontres avec d'innombrables studios de production cinématographique. Un studio de musique se montra même intéressé à me faire enregistrer un album solo de chansons populaires glauques et gothiques. Le seul problème avec ce projet, c'est que j'étais incapable de chanter assez bien pour être la prochaine Billie Eilish... ou même la prochaine Baby Shark.

Ce n'était pas l'entière vérité. Il y avait un autre problème. Un problème qui concernait cette attention supplémentaire dont je faisais l'objet et qui me privait de toute possibilité de vivre une vie normale. Si les journalistes avaient pu m'ouvrir le crâne, décoller les sillons spongieux de mon cerveau et voir les pensées qui s'y cachaient, ç'aurait été un grand jour pour eux.

Je voyais déjà les grands titres :

ZOÉ WINTER, VEDETTE DE *HURLEURS,* PRÊTE À TOUT JETER PAR-DESSUS BORD

Cette pensée avait beau être alléchante, je m'étais engagée à tourner dans la troisième saison de *Hurleurs.* Mais je pouvais refuser toutes les nouvelles propositions. Et plus je côtoyais Sai, Aaliyah et Jason, plus j'étais emballée à l'idée de passer toute une semaine sur le plateau avec eux à la fin du mois d'août.

Et voilà, un jour, quelques mois après avoir rencontré mes trois nouvelles covedettes, je me réveillai et le moment était venu de prendre l'avion jusqu'à Winnipeg.

Je pris mon téléphone et souris à l'image que j'avais choisie comme fond d'écran : nous quatre pendant la séance photo. J'écrivis un message de groupe.

On arrive, Pennyland! Barbe à papa, manèges et clowns, oh là là!

J'appuyai sur « Envoyer » et me sentis aussitôt un peu mal à l'aise. Je crus déjà voir un nouveau grand titre :

LA CÉLÈBRE ZOÉ WINTER EST UNE CRUCHE

L'autocar dans lequel nous nous trouvions quitta

l'autoroute et se dirigea vers le nord sur un chemin de campagne. Les producteurs avaient proposé de louer une limousine pour moi, mais j'avais poliment décliné leur offre et insisté pour voyager depuis l'aéroport international Richardson de Winnipeg avec les autres jeunes et les parents qui les accompagnaient. Aaliyah et son père étaient assis dans la rangée à côté de celle où je me trouvais avec ma mère, Sai et son père étaient derrière Aaliyah, et Jason et sa mère étaient derrière moi.

—Alors, euh, comment étaient vos vols? nous demanda Glenda, l'assistante de production, depuis le siège qu'elle occupait directement devant moi.

Faire la conversation n'était pas un de ses points forts, mais elle était douée pour s'assurer que les gens respectaient l'horaire, pour réserver les moyens de transport et les chambres d'hôtel, et pour voir à ce que la production entière ne dérape pas, ce qui était pas mal plus important que le papotage.

Mme Lam, la mère de Jason, lui donna une tape sur le bras.

—Enlève tes écouteurs, dit-elle.

Jason obéit.

—Euh... Allô? J'écoutais un balado paranormal.

—Quand quelqu'un te pose une question, c'est impoli de ne pas répondre, reprit-elle. Cette gentille jeune femme voulait savoir comment tu avais trouvé le vol.

Jason lança un regard légèrement ennuyé à sa mère.

—Très bien, j'imagine. Winnipeg n'est qu'à deux heures d'Edmonton, alors j'ai regardé *The Great Fright North* sur mon ordinateur portable, mangé une pizza d'avion quelconque et nous voilà.

—Je vous jure, il n'a même pas l'air excité, dit Mme Lam à M. Devan, le père de Sai. Jason, tu as gagné un voyage gratuit et un rôle dans *Hurleurs*. La plupart des jeunes de ton âge donneraient leur vie pour avoir cette chance.

—Je suis excité! se défendit Jason. C'est juste que je n'aime pas l'avion, d'accord?

—Mon vol depuis Vancouver était un petit peu plus long que le tien, se hâta d'intervenir Sai pour faire oublier cet échange pénible entre Jason et sa mère. C'était la première fois que je prenais l'avion et ça m'a vraiment plu. Bon, c'était un peu difficile d'apprendre mes répliques, vu que j'étais piégé entre un gros ronfleur et un autre qui faisait du bruit en mangeant. Et l'agent de bord a oublié ma rangée, de sorte que je n'ai pas eu ma boisson gratuite, sinon, ouais... c'était formidable.

M. Devan fronça les sourcils.

—Hé, attends un instant. J'étais assis à côté de toi... et je n'ai rien mangé... Est-ce que je ronfle?

Sai haussa les épaules.

—Je ronfle, murmura M. Devan.

—Et toi? demanda Glenda en jetant un regard à Aaliyah,

qui était collée à son téléphone depuis que nous étions montés à bord de l'autocar.

—Mes vols ont été parfaits, dit-elle sans lever les yeux de son écran. Vous pouvez en voir tous les points forts sur mon Instagram.

—Es-tu en train de publier sur Instagram? demanda Glenda.

—Pas exclusivement, répondit Aaliyah. J'ai aussi publié sur TikTok.

—Ma fille est très douée avec Internet, dit M. Hill. Un jour, elle sera une célèbre influence sur les médias sociaux.

—Influenceuse, papa, rectifia Aaliyah sur un ton gentil et patient.

—Un instant, l'interrompit Jason. Tu as bien dit *mes vols*?

Aaliyah acquiesça d'un signe de tête.

—De Saint-Jean à Montréal, puis à Toronto et jusqu'ici. Douze heures en tout.

Jason sembla consterné.

—Et passer une demi-journée coincée dans des avions correspond à ton idée de la *perfection*?

—Avec ça, je ne suis jamais seule, répondit Aaliyah en agitant son téléphone dans les airs.

M. Hill haussa les épaules, l'air un peu triste.

—J'étais là, moi aussi, dit-il.

—Très bien, je suis contente de savoir que vos vols étaient des... vols.

Glenda fronça les sourcils, comme si elle prenait conscience de la bizarrerie de son commentaire, puis, sans rien ajouter, elle se retourna et s'appuya à son dossier. Je l'entendis soupirer bruyamment.

Tandis que je regardais Aaliyah taper sur son téléphone, j'éprouvai un sentiment fugitif de terreur. *J'espère qu'elle n'a pas publié de photos de moi. Si elle avait des milliers, des dizaines de milliers d'abonnés?*

— C'est passionnant, n'est-ce pas? dit maman. Tourner un épisode avec trois nouveaux jeunes?

Je hochai la tête. Ce l'était, mais j'éprouvai soudain quelque chose de désagréable au creux de l'estomac. Je n'arrivais pas à l'expliquer. Avais-je du mal à digérer le quinoa que j'avais mangé dans l'avion? Oui, c'était sûrement ça. Du mauvais quinoa.

— Qu'est-ce qui se passe, ma chouette? me demanda maman.

Toujours capable de lire en moi, elle le savait quand je cachais quelque chose.

— Je ne sais pas, répondis-je avec franchise. As-tu déjà éprouvé une sensation que tu ne pouvais pas vraiment expliquer? Un pressentiment, ou un...

Maman termina ma phrase, comme elle avait coutume de le faire.

—Un sixième sens?

—Exactement. Une intuition qui me dit que quelque chose ne tourne pas rond. C'est ce que je viens de ressentir. Tu as déjà vécu ça?

Elle rit doucement.

—Non. Jamais. On dirait quelque chose sorti d'un épisode de *Hurleurs*, pas de la vraie vie. C'est sans doute le quinoa que tu as mangé. Son odeur laissait croire qu'il était un peu périmé.

—Pourquoi ne me l'as-tu pas dit *avant* que je le mange?

Je souris pour lui montrer que je plaisantais, mais ce sourire masquait mes émotions. Le mauvais pressentiment — le sixième sens — était toujours là et, en fait, je ne croyais pas qu'il était dû au quinoa.

Nous roulâmes encore vingt-cinq minutes dans la campagne, laissant le monde civilisé derrière nous à chaque kilomètre. Nous n'étions passés devant aucun édifice et n'avions croisé aucun véhicule depuis cinq minutes quand notre chauffeur s'engagea sur un chemin de terre tellement envahi d'arbres bas et de buissons touffus qu'il était presque invisible si on ne savait pas où le chercher.

—Une minute, dis-je en tapant sur l'épaule de Glenda. Nous n'allons pas à l'hôtel?

Elle se leva et se tourna vers nous en souriant.

—Vous en avez mis du temps.

— Du temps pour *quoi*? demanda Aaliyah, qui leva enfin les yeux de son téléphone.

— Pour comprendre, répondit Glenda.

— Glenda! m'écriai-je. Dis-nous ce qui se passe.

— Vous quatre et vos parents ne séjournerez pas dans un banal hôtel, dit-elle. Chacun d'entre vous disposera d'une roulotte de luxe privée directement sur le site du tournage! Surprise!

Nous fûmes secoués de haut en bas quand l'autocar roula sur un nid de poule géant tandis que Glenda retombait sur son siège. J'avais l'impression d'être dans un manège et, galvanisée par ce que Glenda venait de nous annoncer, je poussai un cri enthousiaste. Mes compagnons firent comme moi. Mais tout le monde se tut lorsque l'autocar approcha d'un vieil écriteau en bois délavé.

— Regardez, dis-je aux autres.

BIENVENUE À PENNYLAND
VOUS Y CONNAÎTREZ LE GRAND FRISSON!

Quelqu'un avait vaporisé de la peinture sur LE GRAND FRISSON et avait écrit BEAUREGARD en-dessous.

Mon mauvais pressentiment revint en force et, cette fois, il était accompagné d'une prémonition : quelque chose de terrible se passerait ici.

CHAPITRE
cinq

Jason semblait au bord des larmes.

— Je n'arrive pas à le croire, murmura-t-il.

Il prit un appareil photo dans ses affaires — pas un téléphone, mais un véritable appareil avec des boutons, des déclencheurs, des lentilles et tout — et prit plusieurs clichés de l'écriteau à travers sa fenêtre. Chaque fois qu'il appuyait sur le bouton, l'appareil faisait entendre ce son désuet. *Ka-CHIC! Ka-CHIC! Ka-CHIC!*

— Sinistre, dis-je, les yeux rivés sur le panneau jusqu'à ce que nous l'eûmes dépassé.

— Le vandalisme est tellement irrespectueux, dit Jason. Certaines personnes n'ont aucune considération pour les lieux abandonnés.

— Ce n'est pas un lieu abandonné, intervint Glenda.

— Pardon? s'étonna Jason.

— Pennyland n'est pas un lieu abandonné. Du moins, il ne l'est plus.

Il l'a été, mais les manèges ont été réparés et il va rouvrir ses portes.

L'autocar tourna et pénétra dans ce qui ressemblait à un stationnement dans une grande clairière. Des mauvaises herbes montant à la hauteur du genou avaient poussé dans les fissures du revêtement et je distinguai quelques lignes de peinture presque complètement effacées par un mélange de soleil, de neige et de temps. Je vis des voitures, des camions, des caravanes pour l'équipe de tournage et une grande tente blanche. L'autocar s'arrêta devant une rangée de billetteries rouges et blanches. Sur une grande affiche au-dessus des billetteries, on pouvait lire PENNYLAN. Il manquait le D.

— Pennyland? s'esclaffa le chauffeur. C'est davantage un *demi*pennyland.

Cela ne fit rire personne.

— Un public difficile, grommela-t-il.

Il ouvrit la porte et sortit de l'autocar, puis il ouvrit la soute à bagages et jeta sans cérémonie nos valises sur le sol.

— Je ne peux pas croire que nous allons dormir dans un parc d'attractions, dit maman. Qui fait ça, sérieusement? C'est le rêve de tous les jeunes, non?

Je hochai la tête en souriant, mais quelque chose m'empêchait de me sentir aussi excitée que les autres.

Nous sortîmes de l'autocar et nous rassemblâmes autour de nos bagages. Le chauffeur remonta sans dire un mot dans le véhicule, ferma la portière et s'en alla.

Zoé...

On aurait dit que quelqu'un, à l'intérieur de Pennyland, m'appelait. C'était sans doute le vent qui me jouait un tour. Pourtant, je sentais quelque chose m'attirer comme un aimant vers le portail. Le mauvais pressentiment avait été remplacé par le désir de dépasser en courant les billetteries et d'entrer dans le parc. Je voulais m'empiffrer de malbouffe, aller dans les manèges, voir les spectacles et rire jusqu'à ce que ça me fasse mal. Glenda me tira hors de mes pensées.

—Ne vous inquiétez pas pour vos sacs, dit-elle. Je demanderai à quelqu'un de les apporter à vos roulottes. Le souper sera servi à dix-huit heures dans cette grande tente, précisa-t-elle en indiquant une des tentes blanches dans le stationnement. Et il y aura une réunion de bienvenue à dix-neuf heures. Sinon, vous êtes libres tout l'après-midi.

—Dix-huit? chuchota Sai à côté de moi.

—Temps militaire, chuchotai-je à mon tour. Elle fait toujours ça. Je t'expliquerai plus tard.

—On peut donc visiter le parc? demanda Jason.

Glenda fit signe que oui.

—Bien sûr. Mais ne touchez à rien. L'équipe a passé

des jours ici à installer l'équipement et l'éclairage et à préparer les lieux de tournage.

Jason éclata d'un rire espiègle. Il ouvrit sa valise et remplit rapidement son sac à dos de machins techniques.

—Je vais faire tellement d'égoportraits formidables ici, dit Aaliyah. Zoé, il faut absolument prendre une photo ensemble sous l'écriteau de Pennyland. Nous pourrions la partager toutes les deux et voir qui obtient le plus de « j'aime ».

J'essayai de sourire, mais ne parvins qu'à esquisser un rictus.

—Je plaisantais! reprit Aaliyah. Ce sera toi, évidemment.

—Merci, dis-je. Mais ça va.

Aaliyah haussa les épaules tandis que Sai, l'air hésitant, regardait tour à tour Pennyland, sa valise, les roulottes, se dandinant d'une jambe à l'autre comme quelqu'un qui n'arrive pas à prendre une décision.

M. Devan leva un doigt et l'agita de gauche à droite.

—Non, non, non. Tu vas avec eux. Tu passes déjà suffisamment de temps à l'intérieur tout seul. Respirer un peu d'air frais et vivre un moment avec des jeunes de ton âge te fera le plus grand bien.

—Mais je pourrais consacrer ce temps à répéter mon rôle, protesta Sai qui essayait de parler à voix basse pour que nous ne l'entendions pas.

—Tu as passé tes journées à mémoriser tes répliques toute la semaine! dit M. Devan. Si tu ne les sais pas encore, alors j'ai gaspillé mon argent en te payant des cours d'art dramatique pendant des années. Vas-y! Amuse-toi! Fais ce que font les adolescents normaux!

Fais ce que font les adolescents normaux. Sai me ressemblait-il plus que je ne l'avais imaginé?

—Eh bien, qu'est-ce qu'on attend? dis-je aux autres. Allons-y!

Je n'eus pas besoin de le répéter à Jason ni à Aaliyah. Ils furent tout de suite à mes côtés, l'un armé de ce qui semblait être un équipement d'amateur pour la chasse aux fantômes, l'autre de son téléphone.

Après avoir jeté un dernier long regard en direction des roulottes, Sai se joignit à nous.

—Soyez prudents, dit maman.

—Nous le serons, l'assurai-je. Quels problèmes pourrions-nous avoir dans un endroit comme celui-ci?

Elle ouvrit la bouche pour répondre, mais je l'en empêchai.

—Ne dis rien. À plus tard!

—N'oubliez pas, le souper est à dix-huit heures dans la tente blanche, nous rappela Glenda.

Je me tournai et m'éloignai. Mes trois compagnons me suivirent de près, se bousculant un peu pour marcher à mon pas.

— Désolée, Glenda, criai-je par-dessus mon épaule sur un ton de plaisanterie. Je n'ai pas tout à fait compris.

Elle mordit à l'hameçon et cria à son tour :

— Souper! Dix-huit heures! Tente blanche!

Elle semblait moins calme que d'habitude et légèrement déstabilisée.

Mes compagnons et moi échangeâmes des regards et éclatâmes de rire. Une sensation de chaleur et de joie se répandit dans mes membres.

— Je ne sais toujours pas à quelle heure nous soupons, dit Sai.

Ce qui nous fit rire aussi.

Nous passâmes devant une antique billetterie couverte de poussière et de toiles d'araignée, pleine de débris, puis sous l'écriteau PENNYLAND qui avait également besoin d'un peu d'attention. Le parc s'offrit alors à nous dans toute sa splendeur.

— Génial! m'écriai-je.

Sai exprima son admiration par un sifflement.

— Je ne m'attendais pas à voir quelque chose comme ça, dit Jason.

Aaliyah cessa de faire des photos pour tourner une vidéo.

— Je suis finalement ici, à Pennyland, et, bon, regardez.

Elle promena son téléphone de gauche à droite pour faire voir le site de tous les côtés.

Le parc d'attractions abandonné était remarquablement bien entretenu. Une allée principale semblait entourer Pennyland, offrant aux visiteurs le choix entre tourner à gauche ou à droite depuis l'entrée principale, parcourir une grande boucle et voir tout ce qu'il y avait à voir. De petits manèges et des salles de spectacle étaient disséminés sur tout le terrain, ainsi que des restaurants et des boutiques de souvenirs. À notre gauche, une piste de montagnes russes en bois d'une taille impressionnante mais d'aspect plutôt bancal se détachait des autres manèges. C'était l'OBJET VOLANT DE LA MORT, comme l'identifiait un grand panneau. À notre droite se trouvait une grande roue avec en son centre des lettres indiquant LE GRAND FRISSON. Et droit devant, au beau milieu du parc, se dressait un chapiteau qui ressemblait à un bonbon à la menthe géant rayé rouge et blanc. Des membres de l'équipe de tournage étaient au travail, ils disposaient du matériel et plaçaient des accessoires pour le lendemain.

Si l'on faisait exception des êtres humains, c'était comme si le temps s'était figé à Pennyland. J'eus l'impression de regarder une image du parc, une vieille carte postale, pas la vraie chose.

— On dirait qu'il a fermé il y a quelques semaines, pas des années, dis-je. Depuis combien de temps, exactement, cet endroit est-il abandonné?

—Plus de soixante-dix ans, répondit Jason. J'ai vu en ligne des images publiées il y a quelques années, et c'était *délabré*.

—Soixante-dix ans? s'écria Aaliyah. Comment est-ce possible? Il devrait avoir l'air, eh bien, comme l'a dit Jason. Délabré.

—N'oubliez pas que, selon Glenda, on répare le parc et qu'il va rouvrir ses portes, nous rappela Sai. De toute évidence, quelqu'un a travaillé très fort.

—On dirait que ces montagnes russes fonctionnent encore, fit remarquer Jason.

—La grande roue aussi, dit Aaliyah. Mais les apparences sont parfois trompeuses.

Comme personne ne répondait, elle ajouta :

—Ce que je dis, c'est que je ne recommanderais à personne de chercher l'interrupteur d'alimentation et de faire un tour de manège non autorisé.

Je n'avais rien à répondre à cette logique.

Mais Jason, lui, répondit.

—Tu es un génie, Aaliyah.

Il courut vers le chapiteau et nous le suivîmes.

—Ça ressemble à un interrupteur d'alimentation, dit-il en indiquant une grosse boîte métallique entourée de buissons. Qui veut faire un tour de manège?

Il déposa son sac à dos et agrippa le côté de la boîte comme s'il s'apprêtait à soulever un poids.

—J'ai dit de *ne pas* faire ça! glapit Aaliyah.

—Et Glenda nous a dit de ne toucher à rien! renchérit Sai.

Jason éclata de rire et je compris aussitôt qu'il plaisantait.

—Oh! Mon Dieu, vous auriez dû voir vos expressions. Ce n'est pas l'interrupteur principal. Ils ne l'auraient jamais laissé là au grand jour pour que n'importe qui puisse le tripoter.

—Je le savais, dit Sai, qui avait encore l'air un peu ébranlé.

—Ha, ha, très drôle, dit Aaliyah en même temps. On peut continuer maintenant?

—Évidemment, répondit Jason qui se pencha pour prendre son sac à dos.

Il s'arrêta, s'accroupit et regarda fixement les buissons.

—Hé, les amis. Quelque chose est caché là.

—Si tu crois que je vais tomber à nouveau dans le piège... marmonna Aaliyah.

—Ce n'est pas une blague, répondit Jason.

Il se mit à quatre pattes.

—Il y a vraiment quelque chose dans ces herbes. À moins qu'il s'agisse de... *quelqu'un?*

Je m'approchai lentement et regardai par-dessus son épaule. Mon cœur battait de plus en plus vite. De quoi avais-je peur? Il n'y avait probablement rien du tout.

C'était encore un bobard de Jason, malgré ce qu'il avait dit. Ou bien c'était son imagination.

Il écarta quelques branches et je vis enfin ce qu'il avait vu.

Quelqu'un cria, un son strident qui me fit mal aux tympans. Je mis un moment à me rendre compte que c'était moi qui hurlais.

CHAPITRE
six

Je cessai de crier et me sentis aussitôt incroyablement sotte et mal à l'aise.

C'était un clown qui nous regardait dans les buissons, mais il n'était pas réel. Il s'agissait d'une silhouette de clown en bois, grandeur nature et très réaliste. Mais la peinture était délavée et le bois était couvert de petites taches de mousse, ce qui le faisait paraître encore plus affreux.

Jason farfouilla dans les branchages et souleva le clown.

— Hé! Qu'est-ce que tu fais? s'écria Sai. Glenda a dit...

— De ne toucher à rien, termina Jason. Ouais, je le sais, mais ça ne compte pas. Personne ne savait qu'il était caché ici avant que je le découvre.

— Et si c'était un accessoire pour l'émission? suggéra Sai.

— Caché dans les buissons? Ça m'étonnerait, répondit

Jason. Qui plus est, on voit bien qu'il est très vieux, pas seulement arrangé pour avoir l'air vieux. Ce sont d'authentiques dommages causés par les éléments, continua-t-il en indiquant différentes parties de la silhouette. Les accessoires et les plateaux de *Hurleurs* sont efficaces, mais pas à ce point. Sans vouloir t'offenser, termina-t-il en me regardant.

— Il n'y a pas de mal, répondis-je distraitement.

J'écoutais à moitié. Je ne pouvais quitter le clown des yeux. C'était comme si nos regards se croisaient et, tout à coup, ses yeux scintillèrent. Non, c'était impossible. Ce n'étaient que deux petits cercles de peinture rouge.

Le clown portait une toge noire et ample avec de gros boutons blancs sur la poitrine. Un large col qui ressemblait à un beigne géant couleur de miel lui entourait le cou. Son visage était couvert de peinture blanche, il avait une bouche cramoisie excessivement grande et une mince ligne verticale noire était peinte au-dessus de chacun de ses yeux. À part trois touffes de cheveux rouges, il était chauve.

Et il tenait à côté de lui une bannière sur laquelle des mots étaient peints en grandes lettres rouges dignes d'un cirque.

NE MANQUEZ PAS
LE SEUL ET UNIQUE
BEAUREGARD
IL **RIT!**
IL **PLEURE!**
IL EST **TORDANT!**
PRESTATIONS EN DIRECT CHAQUE SOIR
AU COUCHER DU SOLEIL

C'était donc Beauregard, le clown que j'avais incarné pendant les bouts d'essai, le méchant de cet épisode. Le clown qui était censé hanter le parc.

—Je ne sais pas pour vous, les amis, mais je commence à espérer pouvoir assister à un des spectacles de Beauregard, dit Aaliyah.

—Pourquoi? voulut savoir Sai.

—Il est tordant! répondit Aaliyah, émoustillée.

—Et c'est une bonne chose? demanda Sai.

Aaliyah haussa les épaules.

—Je ne sais pas. Je pense que oui. Peut-être. Ça veut au moins dire que ses spectacles n'étaient pas ennuyeux, non?

—Une chose est sûre, c'est que la mort de Beauregard a rendu ses spectacles bien plus excitants, rétorqua Jason en pouffant de rire.

Sai et Aaliyah le dévisagèrent, complètement désemparés.

— Oh! C'est vrai, je n'en ai parlé qu'à elle, reprit Jason en m'indiquant d'un geste de la main. Hum, « La reine hurleuse » est basée sur la véritable légende de Beauregard. Certains croient qu'il a tué des gens avant de mourir et qu'il peut encore le faire.

Sai et Aaliyah restèrent muets, se contentant de se regarder, puis de tourner leurs regards vers Jason et moi.

— C'est du moins ce qu'on prétend. Vous savez, si vous croyez à ce genre de chose, reprit Jason en agitant la main comme pour atténuer le sérieux de son propos. Je suis convaincu que ces rumeurs ne sont pas fondées.

Il cacha son visage avec sa main pour que les autres ne le voient pas et murmura, en s'adressant à moi :

— Pour moi, elles le sont.

— Attends, dit Aaliyah en indiquant la silhouette. Tu es en train de dire qu'un clown — ce clown, celui de notre épisode — hante Pennyland?

Jason hocha la tête.

— C'est exactement ce que je dis.

Au moment où je pensai qu'Aaliyah allait péter un plomb, elle s'exclama :

— C'est complètement malade! Si je pouvais prendre la photo d'un vrai fantôme — ou, mieux encore, en prendre une *avec* un vrai fantôme —, elle deviendrait virale!

— Moi aussi, je veux prendre une photo de Beauregard ou d'un des autres revenants, dit Jason en mettant son sac à dos sur son épaule. J'ai apporté une partie de mon équipement. Je suis un genre de chasseur de fantômes amateur.

— Attends une minute, dit Sai en posant une main sur son front comme s'il sentait venir une migraine. Tu as parlé des *autres* revenants? Il y en a donc plus d'un?

Jason fit signe que oui.

— En effet. Il y a Beauregard. On raconte qu'il a enlevé et tué un groupe de personnes. Il y a aussi eu un accident impliquant le Grand frisson — la grande roue — quelque part dans les années 1920 ou 1930. Les gens qui sont morts ont été incapables de repartir. C'est encore une fois ce qu'on prétend, mais je veux m'en assurer.

— Suis-je le seul qui ne veut rien savoir de ces *soi-disant* fantômes? s'écria Sai, incrédule. Toi, Zoé?

Le fait d'être confrontée à de faux revenants sur le plateau ne m'avait pas rendue plus courageuse, et la pensée de me retrouver face à un vrai fantôme me terrifiait encore. Mais je me rappelai ce que Jason avait dit à Toronto, quand il avait parlé de ses amis, de leurs chasses aux fantômes et des bâtonnets au fromage...

— Je ne sais pas. Ce serait peut-être amusant de chercher de vrais revenants.

Vaincu, Sai leva les mains.

— Je suis la seule personne ici à avoir un peu de jugeote. Je n'ai jamais eu peur des clowns avant aujourd'hui, mais je sens que c'est le moment et le lieu parfaits pour commencer.

— Je suis plutôt d'accord avec toi, Sai, dis-je en prenant la silhouette en bois des mains de Jason.

La température sembla baisser de quelques degrés et un mince anneau de brume se forma autour de mes pieds.

— Qu'est-ce que tu fais? me demanda Jason.

— Je remets Beauregard à sa place, répondis-je. Caché dans les buissons. Hors de la vue, hors de l'esprit.

Les yeux du clown parurent scintiller une fois de plus et un frisson me parcourut l'échine.

— N'y touche pas! ordonna une voix derrière nous.

Oh non, pensai-je. En fin de compte, la silhouette était peut-être un accessoire.

Mais quand nous nous tournâmes, nous vîmes que la personne qui avait parlé ne faisait pas partie de l'équipe de tournage. C'était un garçon. Il était avec une fille. Tous deux avaient quelques années de plus que nous et ils étaient vêtus à l'ancienne. Ils se tenaient dans une mare de brume qui leur montait aux chevilles.

Ce sont des figurants, pensai-je. Des gens embauchés pour apparaître à l'arrière-plan dans des scènes de foule.

Mais pourquoi portaient-ils leurs costumes la veille du tournage? Et pourquoi des costumes démodés?

— Je suis...

Je perdis momentanément l'usage des mots. Mon esprit me criait que quelque chose ne tournait pas rond, que quelque chose était néfaste, qu'ils n'avaient aucune raison de s'occuper de ce que nous faisions. Mais j'étais trop polie, je suppose, pour éluder la question et je répondis la vérité. Je n'avais rien à cacher et nous n'avions rien fait de mal.

— Je remets cette silhouette là où nous l'avons trouvée.

— Vous n'auriez pas dû y toucher, siffla la fille.

— Ça va, ne dramatisons pas, dis-je en m'efforçant de rester calme tout en sentant mon cœur battre un peu plus fort. Ce n'est qu'un vieux panneau.

À côté de moi, Jason sortit de son sac à dos un gadget qui ressemblait à une télécommande. Elle était noire avec des boutons orangés et un écran numérique.

En voyant ce qu'il faisait, je paniquai, vraiment. Des sonnettes d'alarme résonnèrent dans ma tête tandis que mes bras se couvraient de chair de poule. J'échangeai un regard avec Sai et Aaliyah, et constatai qu'ils paraissaient tous deux aussi inquiets que je commençais à l'être.

— Ce n'est pas qu'un vieux panneau, dit le garçon.

— Pas pour lui, ajouta la fille en indiquant d'un geste la silhouette de Beauregard.

La brume tourbillonna autour de leurs pieds, s'enroula autour de leurs genoux, de leur taille, puis de leur poitrine.

Ils n'étaient pas des figurants...

Ils étaient des esprits.

Les yeux de Jason s'agrandirent tandis qu'il regardait fixement son gadget.

— Incroyable, murmura-t-il avec un sourire.

— Il ne sera pas content, dit le Revenant.

— Il sera fâché contre vous, ajouta la Revenante en pointant un doigt vers nous.

Ses paroles m'atteignirent en plein cœur et répandirent un froid glacé dans tout mon être. Mes genoux fléchirent et j'eus peur de tomber à la renverse.

— Et quand il est fâché contre vous... commença le Revenant.

— Vous n'êtes pas mieux que morts, acheva la Revenante.

Mon souffle resta prisonnier dans ma gorge et je manquai d'air.

Jason se hâta de prendre une caméra vidéo dans son sac à dos, mais il était trop tard pour filmer quoi que ce soit.

La brume se drapa autour du visage des deux fantômes, s'infiltra dans leur bouche, leur nez et leur yeux, les cachant complètement à la vue. Moins d'un battement de cœur plus tard, la brume s'était dissipée. Les revenants avaient disparu.

CHAPITRE
sept

Sai hurla :

—Qu'est-ce que c'était? Qu'est-ce qui vient de se passer?

Je le fis taire.

—Parle moins fort.

Trois membres de l'équipe qui poussaient un chariot rempli de caisses venaient vers nous.

—Est-ce vraiment le moment de me faire taire? protesta Sai. Nous venons de voir deux fantômes, qui nous ont mis en garde à propos d'un autre fantôme. Ensuite, la brume les a *avalés!*

—Je comprends que tu paniques, dis-je en posant mes mains sur ses épaules pour le calmer. Moi aussi, je suis en état de choc, crois-moi. Mais laisse-moi te dire une chose que l'expérience m'a apprise. Les producteurs d'émissions télévisées sont des gens nerveux. Tout le temps, je veux dire. Ils ne *respirent* pas avant d'être sûrs d'avoir fait les bons choix. Alors, s'ils apprennent ce qui vient de se passer, et s'ils pensent que Pennyland est vraiment hanté, ils pourraient déplacer la production, ou la retarder, ou, pire encore, l'annuler. Et je sais que ce n'est pas ce que tu souhaites.

Sai cessa de trembler et inspira profondément. Puis il hocha la tête.

— Tu as raison. Ce n'est pas ce que je veux. Je regrette de m'être affolé, mais ce n'est pas tous les jours qu'on voit deux morts disparaître sous nos yeux.

Aaliyah soupira.

— Je ne peux pas croire que je n'ai pas pris de photo d'eux. Ou *avec* eux.

Jason remit sa caméra dans son sac.

— Moi non plus je n'ai pas de photo d'eux!

— *Bouche et motus suecou* sur les *tomfans,* chuchotai-je sévèrement.

Les trois membres de l'équipe étaient tout près.

— *Bouche* sur les quoi? demanda Aaliyah, le visage tout chiffonné.

— C'est du verlan. Pas la langue des fantômes!

Je me tournai et, un beau grand sourire plaqué sur le visage, j'agitai la main aux trois hommes.

— Salut, les gars! Demain, c'est le grand jour. Vous préparez le plateau?

Les deux premiers sourirent poliment et poursuivirent

leur chemin, mais le troisième s'attarda et s'approcha de moi en hésitant.

— Désolé de vous déranger, euh, Mlle Winter, mais j'ai entendu...

Oh non, pensai-je, l'estomac soudain noué. *Il nous a entendus! Il sait!*

— ... dire que vous acceptez de signer des autographes.

Une sensation d'immense soulagement et d'un peu de gêne remplaça le bouleversement dans mon estomac.

— Oh! m'écriai-je. Bien sûr. Évidemment.

L'homme sourit et me tendit un petit carnet et un crayon qu'il avait pris dans sa poche.

Je pressai la pointe du crayon sur le papier et m'arrêtai.

— C'est à votre nom?

— Quoi?

Il enleva sa casquette de baseball et passa ses doigts sales dans ses cheveux clairsemés.

— Non, ce n'est pas pour moi. C'est pour ma fille, Julie. Elle a douze ans.

— Parfait, répondis-je, encore un peu perturbée. Pour Julie, alors.

Sous son nom, j'écrivis ma réplique culte :

Essaie de ne pas HURLER!

Bisous Zoé Winter

Après m'avoir remerciée, l'homme se hâta de rejoindre ses compagnons.

— Beau travail, Zoé, dit Aaliyah.

— Merci, je suppose, répondis-je.

J'avais d'abord cru qu'elle me taquinait, mais, en y repensant, je me dis que non.

— Mais les prochains employés ou figurants qui passeront n'auront peut-être pas une fille de douze ans qui veut un autographe et ils pourraient entendre ce que nous disons. Nous devons nous montrer plus prudents.

Mes compagnons échangèrent des regards et hochèrent la tête. À mes yeux, les raisons pour lesquelles ils acceptaient de jouer le jeu étaient évidentes. Sai ne voulait pas rater sa première entrée en scène, Aaliyah ne voulait pas voir la porte de la célébrité se refermer sur elle et Jason voulait jouer dans *SOS Fantômes*.

Et moi? Je venais juste de me faire de nouveaux amis et je n'avais pas l'intention de les perdre de si tôt. Les jeunes dans la brume avaient peut-être été glauques, mais ils ne nous avaient pas attaqués. Et même s'ils avaient dit que Beauregard serait fâché, les fantômes ne pouvaient vraiment pas faire de mal aux êtres vivants.

Le pouvaient-ils?

J'étais presque sûre que non.

J'allais devoir poser la question à Jason.

Ou non. Il valait peut-être mieux rester dans l'ignorance.

—Bien, dis-je pour changer de sujet... et la direction que prenaient mes pensées. Nous sommes dans un grand parc d'attractions et jusqu'ici, nous en avons vu très peu. Pourquoi ne pas l'explorer davantage avant le souper?

—L'idée me plaît, approuva Sai en hochant si vigoureusement la tête que j'eus peur qu'il se cause une entorse cervicale. Elle me plaît *énormément*. Oublions les revenants et poursuivons la visite.

Nous commençâmes à marcher — le sommet de l'Objet volant de la mort se profilait devant nous.

—Techniquement parlant, tous les fantômes font partie du passé — du moins ils *viennent* du passé parce qu'ils ne peuvent aller de l'avant, expliqua Jason. Mais je comprends votre point de vue et, soyez sans crainte, je serai prêt la prochaine fois et je vous donnerai autant d'avertissements que possible si je tombe sur quelque chose d'inhabituel.

Il sortit de son sac à dos le machin qui ressemblait à une télécommande et l'alluma.

—Bien, dit Aaliyah. Je ne quitterai pas ce parc à la fin de la semaine sans une photo du vrai Casper.

—Sauf que Casper est amical, répondit Jason. Ici, les revenants sont...

Il hésita lorsqu'il vit une expression préoccupée sur le visage de Sai.

—... parfaitement charmants, j'en suis convaincu.

Sai déglutit et secoua la tête. Il n'avait pas l'air de croire les paroles de Jason.

— Ne t'inquiète pas. Avec un peu de chance, les fantômes qui sont ici trouveront leur chemin pour retourner au royaume souterrain, dit Jason à Sai sur un ton rassurant.

— Qu'est-ce que le royaume souterrain? Et comment fait-on pour que les fantômes s'y rendent? demandai-je.

— On ne fait rien, répondit Jason. Il serait presque impossible de forcer un esprit à quitter cette dimension s'il lui reste des choses à régler sur terre.

— Il doit bien exister quelque chose qui ait du pouvoir sur les fantômes, dit Aaliyah.

Jason acquiesça d'un signe de tête.

— Oui. Le fer, quelques pierres, le sel, des totems comme le fer à cheval. Pour certaines personnes, le nom des revenants exerce un peu de pouvoir sur eux. Mais si un esprit veut vraiment rester ici, il y a de fortes chances qu'il y reste aussi longtemps qu'il le désire.

Nous passâmes devant des manèges pour les jeunes enfants et de petites attractions aux noms comme Air papillon, Chenille et Soucoupe volante de même qu'un carrousel avec des animaux de cirque sur lesquels s'asseoir. Nous nous dirigeâmes ensuite vers l'Objet volant de la mort.

— Vous pensez qu'il fonctionne encore? demanda Aaliyah.

— J'espère bien, dit Jason. J'adore les montagnes russes.

— Selon Glenda, ils réparent tous les manèges, dis-je.

On n'avait vu personne travailler sur celui des montagnes russes, mais ils avaient peut-être déjà fini de le réparer. Dans « La reine hurleuse », il y avait une scène essentielle dans laquelle Aaliyah et moi nous trouvions dans le Grand frisson tandis que les garçons étaient dans l'Objet volant de la mort, puis, impuissantes, nous voyions le fantôme de Beauregard apparaître dans le siège derrière eux — mais la scène serait filmée devant un écran vert, pas dans les vrais manèges.

— Je ne monterais pas dedans, même pour un million de dollars, déclara Sai.

— Peureux, le taquina Jason.

— C'est une façon de voir les choses, rétorqua Sai. Je dirais plutôt « intelligent », car je le suis assez pour avoir un sain respect des hauteurs.

— Tu veux dire que tu as *peur* des hauteurs? demanda Jason.

— C'est la même chose, répondit Sai.

Les montagnes russes dépassaient tout le reste de ce côté du parc. Le manège se dirigeait vers l'est, derrière le chapiteau du cirque, près de la grande roue, puis revenait. Son aspect était vieillot — construit en poutres de bois avec une piste métallique. Les cabines des passagers dans la station d'embarquement étaient peintes de couleurs vives, rouge, vert, jaune et bleu, et les sièges étaient pourvus de barres de sécurité qu'on abaissait sur les genoux des passagers. La piste grimpait à une hauteur vertigineuse, de presque trente mètres, pour ensuite plonger vers l'avant avant d'atteindre la montée suivante. J'avais déjà vu des montagnes russes plus hautes, et celles-ci n'avaient ni boucle ni tire-bouchon, mais elles me faisaient plus peur que toutes celles dans lesquelles j'étais déjà montée. Les nouvelles étaient faites de poutres et de supports en acier. Des courroies de sécurité passant par-dessus les épaules maintenaient les passagers en place et elles fonctionnaient en douceur. Mais l'Objet volant de la mort? Le bois était peut-être en train de pourrir, la plus légère des brises pourrait faire s'effondrer la piste et la seule chose qui vous séparait d'une mort certaine, c'était une petite barre métallique posée sur vos genoux.

— Vous vous demandez qui vous devriez soudoyer pour faire un tour de manège, n'est-ce pas? demanda quelqu'un derrière nous.

En nous retournant, nous vîmes une femme d'âge moyen qui nous regardait avec un grand sourire. Elle portait une combinaison grise couverte de poussière et de graisse. Sous les mots « Attractions affriolantes », un badge était cousu. Le prénom BETH y était écrit.

— Je m'appelle Henriette, dit-elle.

— Mais... c'est écrit Beth, dis-je en indiquant le badge.

— C'est vrai! approuva-t-elle. Je l'oublie toujours. Ce n'est pas mon uniforme. Bon, maintenant, oui, mais ça ne l'a pas toujours été. Je suis l'opératrice en chef du manège. Je remplace Beth depuis peu de temps. Et elle remplaçait un type qui en remplaçait quelques autres. Personne n'a occupé ce poste très longtemps...

Elle fronça les sourcils, puis son visage s'illumina.

— Il est peut-être ensorcelé! ajouta-t-elle en riant.

C'est peut-être tout le parc d'attractions qui est ensorcelé, pensai-je.

— Vous nous avez demandé si nous voulions faire un tour dans... ce piège mortel? demandai-je en montrant l'Objet volant de la mort qu'une douce brise faisait osciller et bourdonner. Vous ne savez même pas qui nous sommes!

Henriette hocha la tête. Son sourire était toujours aussi chaleureux et sincère.

— Vous faites partie de cette émission, *Frissons.* J'ai rencontré une femme hier, une réalisatrice, je pense. Clairette? Et elle m'a dit que quatre jeunes de vos âges viendraient aujourd'hui. Je ne vois aucun autre jeune dans les alentours.

J'ouvris la bouche pour corriger le nom de l'émission et de la réalisatrice, puis je me dis : *Quelle importance?* Son badge portait le nom d'une autre femme, alors elle n'accordait de toute évidence pas beaucoup d'importance aux détails... ce qui, vu son travail, était une pensée inquiétante.

—Je vois bien que vous voulez tous monter à bord de l'Objet volant de la mort, poursuivit Henriette, mais vous allez devoir prendre votre mal en patience. Il ne fonctionne pas.

—Ah! bien, c'est un grand... commença Sai.

—Encore, l'interrompit Henriette. Il ne fonctionne pas encore.

—Soulagement, dit Sai, terminant sa phrase. J'allais dire que c'est un grand soulagement, mais peu importe.

Si Henriette entendit Sai, elle ne lui prêta aucune attention.

—Mais il fonctionnera demain. Enfer et damnation, impossible qu'il ne fonctionne pas ou je ne m'appelle pas Henriette. Ni même Beth.

Elle éclata de rire comme si elle venait de nous raconter la blague la plus drôle du monde.

—On l'a testé avec des barils d'eau et des mannequins d'essai de choc, puis, demain matin, on le testera avec quelques employés subalternes de Pennyland, et alors, s'il n'y a pas... euh... d'accident...

Henriette pointa un doigt vers nous. Elle semblait essayer d'être faussement effrayée, mais je trouvai son geste menaçant.

—Alors vous ferez tous les quatre le tour de manège de votre vie.

CHAPITRE
huit

Henriette s'éloigna en nous saluant gentiment de la main. Je la suivis des yeux un moment, m'attendant presque à la voir disparaître dans un nuage de brume.

—Hé, Jason, si par hasard elle était, tu sais…?

—Une revenante? Non, c'était une vieille bonne femme, mais absolument pas morte.

—Comment peux-tu en être sûr?

Il leva son gadget orange et noir.

—À cause de ça.

—Qu'est-ce que c'est? demanda Aaliyah. Un ancien cellulaire sorti de la préhistoire ou quelque chose du genre?

—C'est un capteur EMF. Il enregistre l'excès de radiation électromagnétique dans l'atmosphère, ce qui pourrait être le signe qu'un fantôme rôde dans les parages. Et la lecture était normale pendant tout le temps où nous avons parlé avec Beth.

— Henriette, rectifia Sai.

— C'est vrai, dit Jason.

— Penses-tu vraiment que son poste pourrait être maudit? Est-ce possible? demanda Aaliyah.

— J'ai pensé la même chose! m'exclamai-je. C'est-à-dire que le poste n'est peut-être pas maudit, mais tout le parc l'est.

— Ou peut-être que les gens qui travaillent ici deviennent trop effrayés et s'en vont, suggéra Jason. Jusqu'au type qui en a remplacé quelques autres, puis Henriette.

— Beth, rectifia Sai.

— Tu as raison, dit Jason.

— Quoi qu'il en soit, reprit Sai, il n'est absolument pas question d'accepter l'offre d'Henriette et de monter dans l'Objet volant de la mort, on est bien d'accord?

Personne ne répondit.

— Sérieusement? s'écria Sai, incrédule.

— J'adore les montagnes russes! se justifia Jason.

— Qu'est-ce que mes abonnés sur les réseaux sociaux penseraient si je ne le faisais *pas*? ajouta Aaliyah.

Je n'étais pas allée dans des montagnes russes depuis des années. Le simple fait d'entrer dans un parc d'attractions n'avait plus été possible depuis le succès fracassant de *Hurleurs*. On me reconnaissait dès que je faisais cinq pas puis on me demandait des autographes et des photos. C'était donc devenu pratiquement impossible de faire quoi que ce soit en public.

Mais ici, à Pennyland... il n'y avait pas de files d'attente, pas de foule, personne ne me demandait un autographe sinon un membre du personnel à l'occasion, et personne d'autre qu'Aaliyah ne voulait me prendre en photo. C'était le paradis. Avec des fantômes. Mais le paradis quand même.

Sai continuait de me regarder, attendant ma réponse.

Je me contentai de hausser les épaules.

— Une fois de plus, il semble que je suis le seul d'entre nous à avoir du bon sens, dit Sai. Si c'est ce que vous voulez, vous pouvez tous mourir dans le manège. Moi, je vous regarderai d'en bas, merci.

— Un bon projet, papa, dit Jason.

Sai soupira, mais il laissa tomber le sujet et nous poursuivîmes notre route. Nous dépassâmes d'autres petits manèges, quelques arcades et un restaurant appelé Bouffe de rêve avant d'arriver près de l'arrière de la grande tente au milieu du parc. Au début, j'avais pensé qu'elle était en toile mais, après l'avoir examinée de plus près, je m'aperçus qu'elle était construite en une matière solide, comme du béton ou du métal, et qu'elle avait été peinte de façon à ressembler à un chapiteau de cirque classique.

— Regardez ça! s'exclama Aaliyah.

Elle indiqua d'un geste un édifice rattaché à l'arrière de la tente. On aurait dit un palais des glaces. C'était une bâtisse de deux étages peinte, elle aussi, en rayures rouges et blanches. Mais c'est l'entrée qui attira mon attention. On voyait un visage de clown géant et la porte se trouvait à l'intérieur de sa bouche grande ouverte. Il avait les cheveux frisés de couleur orangée au-dessus desquels on pouvait lire les mots RIRE AUX LARMES.

— Formidable! s'écria Jason.

Il regarda Sai d'un air implorant et joignit les mains comme pour le supplier.

— On peut entrer, papa? S'il te plaît, par pitié!

— Je suis peut-être dix fois plus mature que toi, mais ça ne fait pas de moi ton père, rétorqua Sai. Il se fait tard, continua-t-il après avoir consulté sa montre. Je pense que nous devrions nous dépêcher si nous voulons arriver à temps pour le souper.

Il me regarda, cherchant à obtenir mon appui.

— Sai a raison, dis-je. Il est presque dix-huit heures et nous ne pouvons pas être en retard pour notre premier repas et notre réunion de production.

— J'ai faim, dit Jason, qui se tapota le ventre tout en lorgnant avec envie le Rire aux larmes. Je reviendrai te voir plus tard, promit-il au clown.

Nous fûmes attirés vers l'autre pôle d'attraction du parc, le Grand frisson. La grande roue était d'une taille impressionnante et comportait vingt-quatre cabines.

—Hum, dit Jason pendant que nous approchions du manège.

— Qu'est-ce qui se passe? demandai-je.

—Rien, probablement, répondit-il sans quitter son capteur EMF des yeux, mais je reçois une lecture plus élevée que d'habitude.

— C'est un esprit? s'écria Sai en regardant autour de lui d'un air éperdu.

—C'est ça, un esprit, c'est pourquoi j'ai dit qu'il n'y avait probablement rien, répondit sèchement Jason. Mais je présume que c'est ici que les revenants que nous avons vus plus tôt passent la majeure partie de leur temps.

—Pourquoi? demandai-je.

—L'accident se serait produit ici, dans le Grand frisson.

— La grande roue a tué plusieurs personnes? demanda Aaliyah, l'air étonnée.

Jason hocha la tête.

—Ouais, c'est du moins ce qu'on prétend.

— Comment? voulut savoir Sai.

— On trouve bien des versions différentes sur Internet, mais la plupart disent qu'un certain nombre de cabines se sont détachées des câbles qui les maintenaient, qu'elles ont glissé d'arrière en avant pendant que la roue tournait pour s'écraser sur le sol quand elles étaient au sommet.

—Tu le crois? demandai-je.

—Eh bien, c'est sur Internet, alors non, pas vraiment. Mais bien des gens le croient et la lecture électromagnétique ici ne cesse de monter...

—Hé, vous quatre, je vous ai déjà dit que vous pourriez faire un tour de l'Objet volant de la mort. Ça ne vous suffit pas?

Je me retournai vivement. C'était de nouveau Henriette, debout à un ou deux mètres de nous. Nous suivait-elle?

—Beth! s'écria Jason, interloqué.

—Henriette, rectifia Sai pour la troisième fois.

—Appelez-moi comme vous voulez, dit Henriette avec un sourire si grand qu'elle dut fermer les yeux. Mais ne m'appelez pas en retard pour le souper.

Mes compagnons et moi échangeâmes un regard, ne sachant pas trop quoi répondre.

—N'est-ce pas une splendeur? reprit Henriette qui admirait le Grand frisson. Elle a presque un siècle et elle fonctionne encore comme un charme. On a ajouté quelques améliorations pour la rendre un peu plus, eh bien, excitante. Les usagers modernes ne seraient pas contents s'ils montaient dans un manège avec le mot « frisson » et qu'ils n'en éprouvaient aucun. J'ai raison ou pas?

Je ne savais pas vraiment quoi répondre à ça non plus.

—Vous avez raison, j'imagine. Dites-moi, Henriette,

savez-vous quelque chose à propos d'un accident survenu dans le Grand frisson?

— Et comment! Il y avait du sang, des entrailles et des morceaux de corps humains dans tout le manège!

— Vraiment? s'exclamèrent ensemble mes trois compagnons, comme en état de choc.

Pour ma part, j'avais perdu l'usage de la parole.

— Non! aboya Henriette qui éclata de rire en pointant un doigt vers nous. Mais vous auriez dû voir vos expressions. Classique.

— Tu vois, Jason? dit Saï. Pas d'accident.

— Oh! Il y a eu un accident.

— Euh, murmurai-je. Mais vous avez dit...

— J'ai dit que non, il n'y avait pas de sang, d'entrailles et de morceaux de corps dans le manège, mais c'est juste parce que le sang, les entrailles et les morceaux de corps ont été nettoyés il y a très très longtemps.

— Comme ça, un accident s'est vraiment produit dans le Grand frisson? demanda Jason, survolté. Et des gens sont morts?

— C'est ce qu'on m'a dit, répondit Henriette. Il y en a même qui prétendent que le lieu est hanté. Les employés parlent de choses qu'ils ont entendues, senties... et même vues. Mais qui sait ce qu'il faut croire? Je n'ai jamais eu d'expérience paranormale depuis que je travaille ici.

— Et depuis combien de temps travaillez-vous ici? demandai-je.

— Trois jours complets, répondit Henriette.

Puis ses yeux s'agrandirent, sa bouche s'ouvrit et elle indiqua quelque chose derrière nous.

— Qu'est-ce que c'est?

Je me retournai vivement, m'attendant à voir un autre fantôme vêtu à l'ancienne, mais je ne vis que le Rire aux larmes, quelques membres de l'équipe de tournage et des employés de Pennyland portant des gilets réfléchissants et des casques de sécurité.

— Tu as regardé!

L'étincelle malicieuse qui brillait dans ses yeux lui donnait l'air d'avoir quatorze ans plutôt que quarante et quelques.

— Rappelez-vous, les fantômes n'existent pas. Ni ici ni nulle part ailleurs. Je vous revois demain pour les tours de manège.

Elle inclina son casque de protection et s'en alla.

— Est-ce que cette femme travaille vraiment ici? demanda Aaliyah. Ou ne fait-elle que se promener et parler aux inconnus?

— Une chose est sûre, dit Jason. Elle va bien avec le lieu. Ils sont tous les deux un peu bizarres.

— Nous devrions partir, dis-je. C'est presque l'heure du souper.

— Enfin, un mot que je comprends, dit Sai. Suivi par la réunion de production.

Il paraissait aussi fébrile à cette perspective qu'un enfant le matin de Noël.

Nous nous mîmes en route. La brise fraîche qui soufflait dans le parc me fit frissonner. J'enfouis mes mains sous mes aisselles pour les garder au chaud puis je jetai un coup d'œil par-dessus mon épaule. Henriette n'était plus là.

Mais il y avait quelqu'un d'autre, quelqu'un que je n'avais encore jamais vu, debout dans l'ombre du Rire aux larmes, quelqu'un qui nous surveillait.

Un clown.

Je clignai des yeux.

Et il avait disparu.

CHAPITRE
neuf

Je n'avais jamais été aussi heureuse de me balader dans un stationnement.

Dès que nous eûmes traversé l'entrée principale, je me sentis soulagée et je pris conscience qu'un mauvais pressentiment persistait au fond de moi depuis que les deux revenants nous avaient abordés devant le chapiteau.

Ce n'était pas Beauregard, tentai-je de me rassurer. Mais qui était-ce, ou quoi? Un employé du parc? Un acteur dans un costume de clown? Ou le produit de mon imagination?

Je pouvais vivre avec l'une ou l'autre de ces explications. En revanche, l'autre possibilité — que c'était vraiment Beauregard — était incompréhensible et terrifiante.

C'est-à-dire qu'elle aurait été incompréhensible avant ce jour-là, mais je savais maintenant que les fantômes étaient réels. Une autre possibilité terrifiante et dangereuse.

Même si nous étions parmi les derniers acteurs et membres de l'équipe à pénétrer dans la tente du stationnement où le souper était servi, la nourriture ne manquait pas. Il y avait cinq rangées de tables et de chaises pliantes en plastique où des gens mangeaient et discutaient avec animation — il y avait toujours de l'effervescence dans l'air au premier repas une fois que les comédiens et l'équipe de tournage étaient arrivés sur le plateau.

J'aperçus maman — elle était assise à une table avec les autres parents. Nous nous saluâmes de la main. Elle avait l'air heureuse et cela me fit plaisir.

Jason, Sai et Aaliyah lorgnaient le buffet comme des bambins dans un magasin de bonbons. Il y avait de la pizza, du poulet, des hamburgers, du poisson, des rouleaux végétariens et une douzaine de plats d'accompagnement. Un bar à soupe et à salade se trouvait à notre gauche, un bar à sundae à notre droite.

— C'est magnifique, murmura Aaliyah quand nous prîmes place à une table disponible.

Toutes leurs assiettes débordaient.

— C'est comme si j'étais mort et arrivé au paradis, dit Jason.

— Je vais tellement manger que je ne pourrai plus rien avaler de ma vie, renchérit Sai.

— Calmez-vous, dis-je. C'est comme ça à chaque repas.

Sans tenir compte de mon conseil, les garçons se mirent à enfourner de la nourriture comme deux loups affamés. Aaliyah ne s'arrêta que le temps de faire quelques photos de son assiette puis de les publier dans ses comptes de médias sociaux avant de plonger dedans avec autant d'appétit que Jason et Sai. J'aurais aimé profiter de mon repas comme eux.

—Tu n'as pas faim? me demanda Aaliyah.

—Pas vraiment, répondis-je avec un sourire. Ce n'est pas tous les jours qu'on voit son premier fantôme. Et son deuxième.

Et son troisième, ajoutai-je mentalement.

Aaliyah déposa sa fourchette.

—Oh! C'est vrai. J'avais oublié.

—Moi aussi, dit Sai en repoussant son assiette. Mais maintenant, j'ai perdu l'appétit.

—Tu ne vas pas finir ces frites? lui demanda Jason en engloutissant un autre taco.

—Toi, tu as probablement déjà vu d'innombrables revenants, dis-je.

Je pensais que cela expliquait qu'il ait encore faim.

Il secoua la tête.

—Non. Croyez-le ou non, c'étaient mes premiers. En général, les chasses aux fantômes ne produisent à peine plus que des lectures atmosphériques bizarres ou un enregistrement audio chuchoté qui pourrait bien n'être que le bruit de quelqu'un ouvrant un sachet de bonbons. Il se trouve que voir des fantômes m'a grandement ouvert l'appétit. Oh! Parlant de bonbons, je pense que c'est le moment de passer au dessert.

Vingt-cinq minutes plus tard, une fois que Jason eût déclaré forfait après son troisième sundae, Clarice et Glenda se levèrent et se dirigèrent vers un micro installé dans un coin de la tente.

— Bonsoir, tout le monde, commença Glenda. J'espère que vous avez tous apprécié le repas. Pour ceux qui ne me connaissent pas encore, je m'appelle Glenda et je suis l'assistante de production de *Hurleurs*. Mon travail consiste donc à m'assurer qu'on respecte le calendrier prévu. Ce soir, il consiste aussi à vous présenter la réalisatrice de cet épisode, Clarice Stallard.

Après une salve d'applaudissements, Clarice s'approcha du micro en souriant.

— Merci, tout le monde, merci. Je serai brève car j'ai l'impression que vous n'avez pas tous eu la possibilité de visiter notre bar à sundae et il n'y a que moi entre lui et vous.

On entendit quelques rires dans l'assistance. Se tenant l'estomac, Jason s'affaissa quelque peu sur sa chaise.

— Je ne me sens pas très bien, dit-il.

— J'ai eu le plaisir de travailler avec certains d'entre vous sur des épisodes précédents, poursuivit Clarice, et j'ai apprécié chaque moment passé sur le plateau de *Hurleurs*. Mais, pour moi, cet épisode revêt une importance particulière. En plus d'être le cinquantième de la série et le premier de la prochaine saison, c'est le scénario dont je suis la plus fière.

Je sentis mon cœur se gonfler de joie pour Clarice. Elle écrivait pour la série depuis les tout débuts et avait réalisé cinq épisodes. Et elle était aussi généreuse et gentille que talentueuse. Nous avions eu des atomes crochus dès notre première rencontre et elle écrivait des scénarios dans lesquels j'avais des rôles de plus en plus importants — ce qui était positif pour ma carrière, mais compliquait les choses entre les autres comédiens et moi.

Dans celui-ci, j'incarnais Chloé Summer (elle avait écrit ce scénario juste pour moi), la gagnante d'un concours grâce auquel elle serait la première jeune, avec ses trois meilleurs amis, à visiter un parc d'attractions avant qu'il ouvre ses portes au public. Mon personnage était ravi, mais son enthousiasme s'éteignait lorsque ses amis et elle découvraient que le parc était hanté par le fantôme d'un clown meurtrier et par ceux d'une foule de gens qu'il avait tués autrefois. Le scénario regorgeait d'action, de peurs et de toutes sortes de machins paranormaux dont je n'avais jamais entendu parler — sauts et retours dans le temps —, mais la meilleure partie était la fin inattendue. Au dernier moment, lorsque Chloé pensait avoir sauvé ses amis des griffes du clown fantôme, le monde entier se transformait sous ses yeux. Elle n'était jamais allée dans un parc d'attractions mais dans un hôpital psychiatrique. Ses amis ne la connaissaient même pas : ils étaient d'autres patients. Et le médecin en chef était la copie conforme du clown, sans le visage peint et le costume ridicule. Chloé hurlait et... coupé, fond noir.

Repensant à l'intrigue pendant que Clarice parlait, je me sentis soudain un peu mal en point. Le scénario commençait à ressembler à ma vie, ou était-ce le contraire? Je ne voulais pas finir comme Chloé : épouvantée, désillusionnée, piégée dans un hôpital et traitée par un médecin qui ressemblait à Beauregard.

Mon esprit avait erré et quelque chose m'avait de toute évidence échappé. Tout le monde me regardait, y compris mes nouveaux amis, qui s'étaient levés.

— Qu'attends-tu, Zoé? me demanda Clarice en riant nerveusement. Allons, ne sois pas timide. Lève-toi!

Elle avait dû présenter Sai, Aaliyah, Jason et moi, mais j'étais la seule à ne pas avoir capté le message. Je me hâtai de me lever, souris et agitai la main. Dans la tente, le silence déconcerté fit place à des applaudissements clairsemés. Quand, de l'autre côté de la tente, je vis une expression inquiète et préoccupée sur le visage de ma mère, mon sourire s'estompa et je détournai aussitôt le regard. Un photographe de l'équipe de publicité prit alors une photo de nous quatre.

Ce sera à conserver, pensai-je sarcastiquement.

ZOÉ WINTER N'A PAS L'AIR ENCHANTÉE DE TOURNER DANS LE DERNIER ÉPISODE DE *HURLEURS*

— Nous avons prévu des activités et des événements particuliers pour vous quatre cette semaine, notamment la visite de l'écrivain Jeremy Alexander Sinclair sur le plateau, vendredi, reprit Clarice.

— Quoi? s'écria Jason, pétrifié.

Il semblait avoir besoin de s'asseoir.

— Personne ne m'avait dit que j'allais le rencontrer!

Clarice mit fin à son allocution et Glenda nous rappela que la première scène serait tournée à l'aube. Une file se forma rapidement au bar à sundae tandis que d'autres personnes sortaient de la tente.

— Je serai incapable de fermer l'œil, cette nuit, déclara Jason. Je ne pourrai peut-être pas dormir de la semaine.

— Eh bien, tu devrais essayer, lui conseillai-je. Nous devrions tous essayer. La première journée d'un tournage est toujours épuisante.

— Tu n'auras pas besoin de me le dire deux fois, dit Sai. Je vais immédiatement me coucher... après avoir relu mes répliques une dernière fois.

Nous nous souhaitâmes bonne nuit et rejoignîmes nos parents qui nous accompagnèrent à nos roulottes. La mienne était aussi chic à l'intérieur qu'à l'extérieur. Il suffisait d'appuyer sur un bouton pour qu'un des côtés s'allonge, ce qui la rendait étonnamment spacieuse. Il y avait deux espaces de couchage, l'un avec un lit à deux places, l'autre avec un grand lit, un coin salon avec un téléviseur, une cuisinette et une salle de bains. J'imaginai comme mes compagnons devaient être emballés. Aaliyah avait déjà dû faire un million d'égoportraits.

—Comment s'est passé ton après-midi? m'interrogea maman.

—Beaucoup de plaisir, répondis-je, déterminée à omettre le fait que nous avions vu deux fantômes de l'ancien temps et que je pensais en avoir vu un troisième. Sai veut vraiment devenir acteur, comme je l'ai pensé le jour de son audition. Quant à Jason, c'est... manger qui l'intéresse.

J'avais failli dire « chasser les fantômes », mais cela aurait suscité des questions auxquelles je ne voulais pas répondre.

Maman haussa les sourcils.

—Oh! C'est bien, je suppose. Et qu'en est-il d'Aaliyah? Vous avez fait connaissance?

Après réflexion, je compris que nous n'avions pas communiqué aussi facilement que je l'aurais voulu.

— Elle est sympa, mais elle paraît un peu distante.

Avait-elle une conversation semblable dans la roulotte avec son père? Si oui, que disait-elle de moi?

— Explique-moi, demanda maman.

— Nous sommes juste un peu différentes, j'imagine. Elle consacre beaucoup d'énergie à se créer un réseau en ligne et à avoir, eh bien, des abonnés.

Cela fit rire un peu maman.

— Qu'est-ce qui est si drôle? demandai-je.

— Tu n'étais pas très différente il y a quelques années. Tu avais des étoiles dans les yeux, toi aussi.

— Et aujourd'hui, je les échangerais contre une paire de ces lunettes avec un faux nez et une moustache. Comme ça, je pourrais sortir sans être reconnue.

— Je sais, dit maman. C'est la rançon de la gloire.

Elle me lança un regard inquisiteur.

— As-tu des doutes à propos de ta carrière?

Je secouai vigoureusement la tête — un peu trop vigoureusement, peut-être. Je n'avais parlé à personne de mon désir secret de tout abandonner et de connaître une vie plus normale.

— Non! Bien sûr que non.

— Bien, j'ai décidé qu'il n'y aurait pas d'école à la maison cette semaine pour que tu puisses te concentrer sur le tournage et t'amuser. Considère ça comme tes vacances estivales.

— Sérieusement?

Maman sourit et fit signe que oui.

— Merci!

Je la serrai dans mes bras et, l'espace d'un instant, j'oubliai complètement les revenants.

Jusqu'au moment où, plus tard cette nuit-là, j'entendis des ongles pianoter sur la fenêtre à côté de mon lit et je vis deux yeux qui me regardaient.

CHAPITRE
dix

Je couvris ma bouche avec ma main pour m'empêcher de lancer un de mes hurlements célèbres dans le monde entier.

— Zoé, c'est moi, dit une voix assourdie par la vitre de la fenêtre.

Je la reconnus tout de même.

— Aaliyah?

Son visage apparut lentement tandis que je scrutais le noir. Je la vis hocher la tête.

Je consultai mon réveille-matin.

— Il est presque minuit. Qu'est-ce que tu fais ici?

— Je ne pouvais pas dormir et... peux-tu venir ici une minute? J'ai besoin de te parler.

Je me frottai le visage et passai la main dans mes cheveux.

— Ouais, bien sûr. Laisse-moi une seconde.

J'attrapai mes souliers et sortis de la roulotte. La porte

grinça quand je l'ouvris. J'entendis maman se retourner et ronfler bruyamment. Heureusement, elle avait le sommeil profond. Je me glissai dans la nuit et refermai doucement la porte derrière moi.

Aaliyah apparut dès que je me retournai.

Je sursautai puis levai les mains.

— Tu dois cesser de me faire peur, d'accord?

— Désolée, dit-elle. Et merci. Je ne savais pas à qui d'autre je pouvais m'adresser.

— Viens, éloignons-nous des roulottes.

Nous nous dirigeâmes vers l'entrée principale, verrouillée pour la nuit. Les lumières du parc étaient encore allumées et tout baignait dans une chaude lueur jaune. C'était magnifique. Il n'y avait qu'un problème : les roulottes étaient toujours visibles depuis la grille. Si quelqu'un se réveillait, il nous verrait.

— Allez, dis-je. Fais-moi la courte échelle.

Aaliyah sourit et hocha la tête. Elle entrecroisa ses doigts et me tendit ses paumes pour que je monte dessus, puis je me propulsai au-dessus de la grille. Je sortis mes mains entre les barreaux et je fis pareil pour l'aider à grimper.

— Je n'aurais jamais cru que tu étais du genre à sauter par-dessus une grille fermée au milieu de la nuit, Zoé, dit-elle.

— Pour commencer, ou bien nous nous promenons

ici, dans la lumière, ou là-bas, dans les bois sombres. Ensuite, c'est *toi* qui m'as réveillée au milieu de la nuit, tu te rappelles? En ce moment, je suis censée dormir bien au chaud dans un lit confortable. Alors aurais-tu l'obligeance de m'expliquer pourquoi tu m'as entraînée ici?

—J'ai peur, dit-elle, sautant sans attendre au cœur du sujet.

—Peur? De quoi?

La brise fraîche qui mugissait sur le chemin me fit frissonner. Je regardai autour de moi pour m'assurer que nous étions toujours seules.

—Attends... ce sont les revenants?

—Étonnamment, non, répondit-elle.

—Marchons, suggérai-je. Ça nous réchauffera.

—Mais si on croise des gens qui travaillent la nuit? Que dirons-nous?

Je haussai les épaules.

—Nous trouverons un prétexte. On appelle ça jouer la comédie.

Je souris, mais pas Aaliyah. Ce que j'avais dit semblait la troubler davantage.

Nous passâmes devant un stand rempli de jeux de tape-taupe et de jouets en peluche à offrir aux gagnants. Des guirlandes lumineuses qui pendaient d'un toit s'entrecroisaient dans les airs.

—Vas-tu enfin me dire de quoi tu as peur? Ou dois-je te braquer un de ces trucs dans le visage pour te faire parler? continuai-je en levant la main vers les ampoules.

Aaliyah éclata de rire, un bon début.

—Plus je passe de temps avec toi, plus je pense que tu en serais capable.

—Ne fais pas de moi le méchant flic!

—Ça va, ça va, dit-elle en levant les mains en signe de reddition. Voilà. C'est demain qui me fait peur.

—Quoi, demain?

—Tout. J'ai peur de Clarice, des garçons — de Sai en particulier — et de toi.

—Tu as peur de moi? Pourquoi?

—Tu joues tellement bien, Zoé, et Sai prend la chose tellement au sérieux qu'il doit être bon, lui aussi, et j'ai peur de... ne pas être à la hauteur.

Les premières impressions sont souvent trompeuses : j'avais cru Aaliyah plus intéressée par sa présence sur les médias sociaux qu'à tenir un rôle dans l'émission, mais ce n'était peut-être que ce qui apparaissait à la surface. J'étais la mieux placée pour ne pas être dupe des apparences.

—Tu as été choisie parce que ton bout d'essai était très convaincant, dis-je. Tu n'as rien à craindre.

Elle ne paraissait pas convaincue.

—Puis-je te raconter une histoire? lui demandai-je.

Elle hocha la tête.

Sa nervosité m'avait rappelé comment je me sentais à mes débuts.

— J'ai passé beaucoup d'auditions avant d'obtenir mon premier rôle dans *Hurleurs*, commençai-je. Et j'ai subi presque autant de refus, mais on m'a aussi choisie pour figurer dans deux ou trois publicités et dans quelques films et émissions de télé. Mon agent a ensuite réussi à m'obtenir une audition pour un petit rôle dans une comédie musicale.

— J'adore les comédies musicales, dit Aaliyah.

— Moi aussi, mais il y avait un hic : je ne sais pas chanter. En tout cas, je ne chante pas bien. Mais mon personnage n'avait que deux phrases à chanter et je disposais de quelques semaines pour me préparer. J'ai pris des cours et je me suis exercée à chanter chaque jour quand j'avais une minute libre. Je m'en tirais assez bien, mais j'avais encore l'impression que j'aurais un malaise quand je suis montée sur la scène pour l'audition. Des papillons dans le ventre, les paumes moites, les genoux tremblants : la totale. Une productrice, le metteur en scène et le directeur musical étaient assis dans le théâtre. Une femme m'a rejointe sur la scène et s'est assise au piano. La productrice m'a posé une question, mais j'étais si nerveuse que je n'ai pas compris ce qu'elle disait. J'étais figée. L'espace d'un instant, j'ai envisagé la possibilité de fuir, mais le metteur en scène m'a alors dit quelque chose que je n'oublierais jamais.

—Qu'est-ce que c'était? voulut savoir Aaliyah, qui buvait chacune de mes paroles.

—Il a dit : « Ne sois pas nerveuse. Jouer la comédie et chanter sont des expressions du moi intérieur, et tu me sembles être une personne amusante. Sois juste toi-même et amuse-toi. »

—Et tu l'as fait? Tu t'es amusée?

—Oui, répondis-je, en souriant à ce souvenir. Chanter sur la scène d'un vrai théâtre était enivrant. Ils m'ont demandé d'interpréter « L'air de la misère », tiré des Misérables et j'ai donné le maximum. Je me suis laissée être moi. J'ai eu du plaisir. J'ai oublié quelques paroles au milieu de la chanson, mais cela ne m'a pas arrêtée. J'en ai inventé d'autres et j'ai continué sur ma lancée. Je débordais de confiance en mettant mon âme à nu dans la chanson.

Je cessai de raconter mon histoire et j'inspirai profondément, gênée à l'avance par ce qui allait suivre.

—Il y a eu un moment de silence quand j'ai eu fini de chanter, et au moment où je commençais à penser que tout était perdu, le directeur musical a dit : « C'était merveilleux, Angela. Bravo! » Je n'en croyais pas mes oreilles! J'étais si excitée que je me suis mise à m'extasier, le remerciant et avouant que je n'avais jamais chanté sur une scène, à répéter que j'avais passé des jours à m'exercer, que j'avais eu si peur que j'avais voulu quitter la salle, que la gentillesse du metteur en scène m'avait aidée à trouver ma voix, que je ne m'appelais pas Angela, mais que c'était sans importance qu'il se soit trompé parce ce qu'il avait dit que j'étais fantastique. Il y a eu un autre moment de silence, plus long que le premier. Le directeur musical a fini par dire qu'il savait que je m'appelais Zoé, Angela était le nom de la musicienne. Elle était candidate pour le poste de pianiste et c'était la première fois qu'il l'entendait jouer. Et là, je suis partie en courant.

— As-tu décroché le rôle? demanda Aaliyah sur un ton sarcastique.

— Oh! Quelle surprise, non, je ne l'ai pas décroché. Mais le bout d'essai suivant était pour *Hurleurs*. Je me suis rappelé le conseil du metteur en scène lors de l'audition musicale, et on connaît la suite.

— C'est pas mal gênant, dit Aaliyah en riant.

— Oui, mais je n'ai pas permis à ma peur de me faire renoncer à mon rêve de devenir une actrice professionnelle. Tu devrais faire comme moi si tu décides que c'est ce que tu veux. N'oublie pas, sois toi-même et amuse-toi.

— Merci, répondit Aaliyah. Je n'ai plus aussi peur.

— C'est bien.

Ce qu'elle avait dit me rappela son bout d'essai.

—À propos d'avoir peur, te souviens-tu de notre première rencontre? Tu as affirmé que les histoires de fantômes te donnaient suffisamment de courage pour affronter tout ce qui pourrait te terrifier dans la vraie vie.

Elle rougit jusqu'aux oreilles et détourna aussitôt le regard.

—Oh! oui, c'est vrai. Je me suis aperçue presque tout de suite que je t'avais volé tes paroles. J'avais passé les jours précédant l'audition à lire et à regarder toutes tes entrevues que je trouvais en ligne. Désolée.

Je me sentis un peu flattée.

—Ne t'en fais pas pour ça! dis-je. Mais tu as également dit que des émissions comme *Hurleurs* t'avaient aidée à surmonter des périodes sombres...

J'avais parlé sans réfléchir. Je craignais un peu d'avoir évoqué quelque chose de trop personnel, mais Aaliyah ne se déroba pas.

—C'est vrai qu'elles m'ont aidée. Ma mère est morte il y a sept ans. Le cancer. Depuis, je vis avec mon père et comme il travaille énormément, je suis très souvent seule. Alors j'ai vraiment pris à cœur ce que tu as dit à propos des histoires de fantômes et du courage.

—Je regrette, Aaliyah. Mon père est parti quand j'étais toute jeune.

Je me surpris moi-même de l'avoir dit. C'était un sujet

que je n'avais jamais abordé avec personne, sauf avec maman.

— Comme il avait pris tout ce que nous avions, maman a dû occuper deux emplois tout en me conduisant à des auditions dans toute la ville après l'école. Comme toi, lire *Chair de poule* et regarder des émissions comme *Fais-moi peur* sur YouTube m'ont aidée à traverser ces moments difficiles. Quand je voyais les monstres, les fantômes et les trucs de ce genre, ma vie semblait formidable en comparaison.

Je ris sans joie.

— Mais à présent, c'est vrai que la réalité dépasse la fiction, comme on dit.

— Tu peux le répéter, dit Aaliyah en riant avec moi.

Nous avions marché tout ce temps et nous venions d'atteindre l'extrémité du parc.

— J'imagine que j'ai pensé qu'en devenant célèbre, je comblerais le vide laissé par la mort de ma mère, reprit Aaliyah. Pendant le reste de la semaine, je vais réduire les égoportraits et les publications sur les réseaux sociaux et me concentrer sur ma performance. Qui sait? Je serai peut-être la prochaine Zoé Winter.

— Oh! Être moi est très surfait, tu peux me croire.

Nous éclatâmes de rire. Je ne m'étais pas sentie aussi heureuse depuis des mois.

— Je te conseille d'être la prochaine Aaliyah Hill, dis-je.

Personne n'est plus doué que toi pour y parvenir. Es-tu prête à rentrer, maintenant?

— Presque, répondit-elle.

Elle regarda par-dessus mon épaule, puis me regarda de nouveau.

— Il y a encore une chose que je veux faire.

Sans prévenir, elle se précipita vers le Rire aux larmes.

— Aaliyah! criai-je. Qu'est-ce que tu fais? On ne peut pas entrer là au milieu de la nuit toutes seules.

Elle s'arrêta devant la porte, se retourna vers moi, un grand sourire aux lèvres.

— Je plaisantais, Zoé, dit-elle.

C'est alors que la porte s'ouvrit à la volée et qu'une main jaillit des ténèbres. Aaliyah disparut à l'intérieur en poussant un hurlement digne de Zoé Winter.

onze

Je me précipitai à travers la bouche du clown et j'entrai sans hésiter dans le palais des glaces, mais je ne vis aucun signe d'Aaliyah ni de qui que ce soit.

—Aaliyah! criai-je.

—Ha ha, hi hi, ha ha ha, ho, ho, haaa…

Le rire était plein de statique et de grésillements. Il s'agissait peut-être d'un vieux disque, mais je n'en étais pas certaine. On aurait dit que quelqu'un me narguait.

C'est le fantôme de Beauregard, acceptai-je finalement d'admettre. *C'est lui qui te regardait plus tôt aujourd'hui et c'est lui qui détient Aaliyah.*

Espérant qu'ils étaient proches, je courus, tournai un coin et hurlai. J'étais arrivée face à face avec… moi-même. C'était un mince miroir déformé qui me faisait paraître deux fois plus grande et la moitié moins large que je l'étais.

Je déteste les palais des glaces, pensai-je en continuant

de parcourir les couloirs. Il n'y avait qu'une direction à suivre, ce qui était une bénédiction ou une malédiction. Je n'avais pas besoin de réfléchir, je devais juste me déplacer rapidement. Toutefois, je me sentais un peu comme un rat de laboratoire forcé de traverser un labyrinthe à sens unique tout en frayant mon chemin vers le point mort, là où je trouverais Aaliyah trop tard, assassinée, et où je connaîtrais le même sort.

Ne pense pas comme ça, me sermonnai-je. *Tu as tourné dans trop d'épisodes de* Hurleurs.

Parvenue à une autre intersection, je me retrouvai devant un long tunnel qui tournait lentement en spirale. Lorsque j'y pénétrai en courant, le tunnel prit aussitôt de la vitesse et je perdis pied. J'atterris durement sur le dos, le souffle coupé. Je grognai et haletai pour respirer tandis que le tube tournoyait en me faisant rouler sans arrêt. Je rampais et me démenais, et le tube continuait de me retourner et ses parois cognaient contre mes jambes, mes bras, ma poitrine et ma tête. J'avais l'impression d'être une poche d'os piégée dans une sécheuse, mais je finis par arriver au bout et je me retrouvai sur la terre ferme.

Ma respiration reprit un rythme normal et j'évaluai les dommages. J'avais mal partout, mais il n'y avait rien de trop grave. Je me relevai en chancelant. Même si j'avais très envie de rester en boule sur le sol, je devais trouver Aaliyah.

Dans le corridor suivant, le plancher était fait de panneaux qui glissaient d'un côté à l'autre. Je tombai et me frappai le genou une ou deux fois en le traversant. Comparé au tunnel tournant, c'était une balade dans un parc. J'arrivais au bout du couloir quand un des derniers panneaux s'ouvrit et il en jaillit un clown aux yeux rouges et luisants qui riait hideusement. Un deuxième clown aux yeux rouges sortit sa main d'un trou dans le mur et essaya de m'attraper tandis qu'un troisième plongeait vers moi à partir d'une cachette au plafond. Je mis un moment avant de comprendre qu'il s'agissait de clowns mécaniques sur des bras rétractables, conçus pour surgir dès que quelqu'un approchait. Je repoussai le faux clown en face de moi et poursuivis mon chemin.

J'entrai dans une galerie des miroirs. Comme dans celle qui m'avait accueillie à mon entrée dans le Rire aux larmes, des miroirs me faisaient paraître grande et mince alors que dans d'autres, j'étais courtaude et trapue, dans certains, j'avais une forme de sablier, et d'autres encore me faisaient paraître plus proche ou plus loin que je ne l'étais. Deux grands miroirs placés l'un en face de l'autre créaient d'innombrables Zoé qui rapetissaient et s'étiraient à l'infini. Encadré et suspendu au mur à côté de la sortie, le dernier miroir semblait tout à fait normal. Je m'arrêtai l'espace d'un instant, m'attendant à ce qu'il se passe quelque chose. Mais rien n'arriva.

Je commençais à me retourner quand un autre visage, pas le mien, me regarda depuis l'intérieur du miroir. C'était une fille dont les yeux coïncidaient avec les miens. Mais ce n'était pas n'importe quelle fille, c'était la Revenante. Des volutes de brume tourbillonnaient autour de ses épaules.

Elle poussa soudain un hurlement, jaillit du miroir et m'attrapa par le cou. Ses ongles s'enfoncèrent dans ma peau et ses doigts glacés envoyèrent dans mon corps des ondes de froid et de douleur, comme des décharges électriques. De la brume tournoyait dans le miroir lorsqu'elle traversa la surface de verre.

Je ne pouvais plus respirer. Je ne pouvais même pas crier. J'avais l'impression que les yeux allaient me sortir de la tête. J'agrippai ses mains mais j'étais incapable de détacher ses doigts.

Le monde commença à s'assombrir. Ma vision était floue. Je n'avais plus aucune énergie. J'étais fatiguée, tellement fatiguée. Si seulement je pouvais dormir.

Tu peux dormir, dit une voix dans ma tête. Ma propre voix? C'était sans importance. Je pouvais dormir — la voix l'avait dit — et c'était tout ce qui importait.

Je fermai les yeux et m'abandonnai. C'était comme si je tombais.

— C'est toi qui as fait ça! vociféra la fille du miroir dans mon visage, me faisant sortir du trou noir dans lequel mon esprit avait sombré. Tout est de ta faute! Tes amis et toi allez mourir!

Elle laissa ma gorge. Ses mains pâlirent et disparurent, tout comme ses bras, ses épaules, son visage et sa tête. Ses yeux s'attardèrent l'espace d'un demi-battement de cœur jusqu'à ce que je batte des paupières, puis ils disparurent.

Je tombai sur le sol et essayai de reprendre mon souffle. Pendant que la glace dans mes veines fondait lentement et que mon corps se réchauffait, mon esprit commença à assimiler ce qui venait de se passer.

Je me relevai en me frottant le cou. Étonnamment, la peau de mon cou n'était pas douloureuse. Craignant le retour de la Revenante, je regardai une fois de plus mon reflet dans le miroir. Il n'y avait ni ecchymoses ni égratignures là où elle m'avait agrippée. C'était comme si l'attaque n'avait jamais eu lieu. Je me secouai et sortis en courant de la galerie. Il n'y avait pas une seconde à perdre.

La pièce suivante, et la dernière du palais des glaces si j'en croyais l'écriteau SORTIE apposé au-dessus de la porte à l'extrémité, ressemblait à la chambre d'un jeune enfant. On y trouvait un lit à colonnes, une table de jeu, de petites chaises et une bibliothèque. Chaque surface était couverte de jouets, plus précisément de clowns. Il y avait des clowns en peluche, d'autres en plastique et d'antiques clowns de porcelaine. Des clowns célèbres comme Ronald

McDonald, Krusty le clown et le Joker. Il y avait aussi d'autres poupées et figurines habillées pour ressembler à des clowns. Je reconnus Sadie, une poupée que j'avais dans mon enfance, comme la plupart des fillettes de mon âge. Son visage avait été peint en blanc, son nez et sa bouche, maculés de rouge. J'imaginai ses yeux bouger de gauche à droite comme ils avaient coutume de le faire, ce qui me faisait toujours un peu peur, et sa bouche s'ouvrir pour prononcer une de ses phrases tout aussi troublantes : « Ne serait-ce pas amusant si tu étais une poupée comme moi? »

La plus grosse poupée clown (elle était de ma taille) était allongée sur le lit et semblait profondément endormie. Il n'y avait aucun signe d'Aaliyah ou de Beauregard, mais c'est alors que le clown sur le lit se déplaça.

Mon cœur remonta dans ma gorge et je refoulai mes larmes. Quelle était cette nouvelle horreur?

La poitrine de la poupée clown se souleva et retomba. Elle était vivante. Elle bougea de nouveau, grogna puis s'assit lentement.

Je remarquai une bande élastique noire derrière sa tête. Ce n'était pas une poupée, c'était une personne portant un masque de clown en plastique bon marché. Dès que j'en pris conscience, une main se leva et retira le masque, révélant un visage familier.

— Aaliyah! hurlai-je en me ruant vers elle.

Soulagée, je la pris dans mes bras.

— Je crois que je me suis endormie, dit-elle, l'air sonnée. Ou bien j'ai perdu connaissance. Que s'est-il passé?

Elle écarquilla soudain les yeux, terrifiée, et elle pointa un doigt tremblant par-dessus mon épaule.

Je me retournai.

Beauregard se tenait entre nous et la bibliothèque pleine de jouets en forme de clowns.

— Bou! fit-il, ironique.

douze

Je poussai un cri, et Aaliyah cria elle aussi. Beauregard hurla à son tour. Pendant un bref moment de confusion, je crus que nous avions réussi à l'effrayer, mais il se mit à rire et je compris qu'il s'était moqué de nous.

Cela commença par un son guttural et profond qui parut se répercuter dans l'air avant de se transformer en un couinement aigu de plaisir. Le large col à froufrous de Beauregard frissonna tandis qu'il se tenait le ventre comme une version malade et démente du père Noël. Il portait le même costume noir et blanc que nous avions vu sur la silhouette en bois, et son maquillage était également identique : visage peint en blanc, grosses lèvres vermeilles, nez rond rouge, minces lignes noires au-dessus de ses yeux et trois touffes de cheveux rouges hérissés sur son crâne qui lui donnaient l'air de les avoir coupés lui-même avec une paire de cisailles à haie rouillées.

Je jetai un regard vers la porte affichant l'écriteau SORTIE et planifiai notre fuite. Si nous courions assez vite, nous pourrions peut-être y parvenir avant qu'il nous rejoigne. *Vas-y*, pensai-je. *Cours!* Mais mes jambes refusaient de bouger et Aaliyah paraissait paralysée par la peur, elle aussi.

Le rire de Beauregard se réduisit progressivement et s'acheva par un bref son étranglé. Il frappa trois fois dans ses mains.

— Oh là là! J'aime vraiment ça, rire, dit-il.

Il rit encore une, deux, trois fois, puis essuya la commissure de son œil.

Une goutte de sueur coula sur mon visage, de mon front jusqu'à mon menton, avant de tomber sur le sol.

Puis il y eut une longue période de silence qui me parut durer une éternité.

—Vous n'aimez pas ça, rire? nous demanda Beauregard.

Il fit quelques pas dans notre direction. Ses souliers de clown claquaient sur le sol dont les planches craquaient sous son poids.

— Ou bien préférez-vous pleurer?

C'était trop pour moi. Trop pénible à assimiler et bien trop difficile à croire. Une larme se forma au coin de mon œil, resta accrochée à mes cils l'espace d'une seconde puis se détacha.

Beauregard écarquilla les yeux et son sourire s'élargit incroyablement. Ma peur lui arracha un nouveau rire, plus fort cette fois, un hululement qui s'enfonça en moi comme un couteau.

—Tu *aimes* pleurer, s'exclama-t-il avec joie. Tu aimes ça, tu aimes ça, tu aimes ça. Je ne peux te dire à quel point ça me rend heureux.

Son sourire s'élargit plus qu'il n'était humainement possible, et ce n'était pas seulement l'effet de ses lèvres peintes en rouge. Ses vraies lèvres s'étirèrent et remontèrent sur les côtés de son visage, presque jusqu'aux lobes de ses oreilles, révélant ses grosses dents et ses gencives rouge sang.

— Qu'attends-tu de nous? balbutiai-je.

— Ce que j'attends de vous? Eh bien, ma chère enfant, j'attends ce que j'ai toujours voulu de tout le monde : un public. Je veux jouer. Je veux divertir. Je veux vous faire... rire.

Il passa la main dans son visage et nous montra son grand sourire.

— Et si je ne réussis pas à vous faire rire, je vous ferai pleurer.

Sa main descendit lentement et nous vîmes qu'il fronçait les sourcils.

— Ou, mieux encore, je vous ferai mourir.

Beauregard fit courir un doigt à travers sa gorge, puis

il devint hystérique, se mit à mugir et à brailler, à rire et à glousser. Il se pencha en avant et se tapa le genou, son visage pointé vers le sol.

C'était notre chance et, cette fois, je la saisis sans hésiter. Il n'y en aurait probablement pas d'autre.

—Vite, Aaliyah, chuchotai-je sur un ton d'urgence. Cours!

J'agrippai sa main et me ruai à toute vitesse vers le fond de la salle.

Beauregard cessa brusquement de rire. Il rugit de colère et essaya de nous attraper avec ses doigts osseux peints en blanc.

Je repoussai la barre de protection et donnai un coup d'épaule dans la porte. Elle s'ouvrit toute grande. Je me ruai dehors avec Aaliyah et nous courûmes de toutes nos forces. Je ne regardai en arrière qu'une seule fois, quand nous fûmes assez loin pour que je rassemble le courage de le faire. Beauregard était debout à l'extérieur du Rire aux larmes, là où je l'avais vu cet après-midi-là. Sa poitrine et ses épaules se soulevaient. Je ne savais pas s'il riait ou s'il pleurait. On aurait dit qu'il faisait les deux à la fois.

—Qui a envie de rencontrer notre clown? demanda Glenda.

Personne ne répondit et son sourire s'estompa. Sai faisait les cent pas autour de la table du déjeuner, ignorant l'assiette d'œufs au bacon qui l'attendait à sa place, marmonnant les répliques qu'il aurait à dire à notre première scène de la journée. Jason avait le nez plongé dans un bouquin de la série *Côtes hantées*. Et même si nous n'avions pas dit un mot de notre mésaventure de la nuit précédente, Aaliyah et moi échangeâmes un regard dégoûté, plein de sous-entendus, à la perspective de passer du temps avec un clown.

— Je vois, nous avons un groupe difficile, reprit Glenda.

J'avais un peu pitié d'elle. Habituellement, les acteurs, surtout les jeunes, étaient motivés à l'idée de voir le méchant de l'épisode pour la première fois. Elle haussa les épaules et poursuivit sans trop d'enthousiasme ni de cérémonie.

— Ça va, Gary, tu peux venir, dit-elle.

Un homme dans un costume coloré portant un masque de clown en caoutchouc bondit sous le chapiteau, ses mains gantées brandies comme des griffes, et rugit. Le cri ressemblait davantage à celui d'un ourson à la recherche de miel qu'au grognement d'un clown tueur en quête de sang frais. Il laissa tomber ses bras, se redressa et retira son masque.

— Bonjour tout le monde, dit-il. Je m'appelle Gary et je joue le rôle de Beauregard.

—Tu m'en diras tant, répondit sèchement Jason en levant brièvement les yeux de son livre.

À présent, j'avais un peu pitié de Glenda *et* de Gary.

—Ravie de faire ta connaissance, Gary. Je suis Zoé.

Comme les autres ne se présentaient pas, je le fis pour eux.

—Lui, c'est Jason. Je ne connais personne qui aime les fantômes autant que lui, et ça compte quand on joue dans une émission comme *Hurleurs*. Voici Sai, un comédien voué à son art, comme tu peux le constater en voyant qu'il est trop occupé à répéter les répliques mémorisées depuis des semaines pour manger. Et voici Aaliyah…

J'étais sur le point de dire qu'elle était ma nouvelle meilleure amie, mais je ne voulais pas la mettre mal à l'aise ou l'effaroucher.

—Un jour, elle sera une vedette, dis-je plutôt.

—Enchanté de vous rencontrer tous, dit Gary. Je sais que je fais peur dans ce costume, mais je vous jure que je suis moins effrayant qu'un clown tueur dans la vraie vie.

Je ris un peu trop fort, en partie parce que ce qu'il avait dit était proche de la vérité et en partie à cause de l'absurdité de ce que nous vivions en secret. Il haussa les sourcils, l'air de se demander si j'avais perdu la raison. Aaliyah secoua la tête et me donna un coup de coude pour m'inciter à arrêter.

— C'est drôle, repris-je, essayant d'expliquer ma réaction. Peux-tu imaginer qu'il existe des clowns tueurs dans la vraie vie? Pennyland serait le dernier endroit au monde où je voudrais être.

— Ouais, j'imagine, répondit Gary en hochant la tête.

Il se demandait sans doute encore si j'avais un problème, mais il laissa heureusement tomber et nous passâmes à autre chose.

La première scène qui serait filmée était simple et elle servirait de plan d'ouverture de l'épisode. Nous devions tous les quatre pénétrer par l'entrée principale et discuter de ce que nous voulions faire pendant notre visite du parc d'attractions. Chloé, mon personnage, et aussi l'observatrice, d'ailleurs, ne savait pas encore que Pennyland était un produit de son imagination et que ses trois « amis » et elle étaient en réalité admis dans un hôpital psychiatrique. À la fin de la scène, quand nous serions entrés dans le parc, la caméra continuerait à tourner un instant avant que Beauregard — interprété par l'irremplaçable Gary — apparaisse dans le champ en riant d'un air maniaque. Ou peut-être se contenterait-il de grogner comme un ours affamé... J'ignorais quel genre d'énergie Gary avait prévu d'instiller dans sa performance.

Quand nous quittâmes la tente et que nous approchâmes de la grille d'entrée, je serrai le coude d'Aaliyah et ralentis mon pas. Elle fronça les sourcils, mais ralentit, elle aussi. Une fois assez loin des autres, je chuchotai :

—Tu vas bien?

Elle secoua la tête.

—Je ne sais pas. Et toi?

—Je ne sais pas non plus, répondis-je honnêtement.

—Est-ce vraiment arrivé, la nuit dernière?

—Malheureusement, oui.

—C'est ce que je craignais.

Elle se frotta les yeux.

—Je suis si fatiguée. J'ai l'impression d'être un zombie. Je crois avoir parlé avec, disons, cinq personnes différentes en allant déjeuner ce matin, mais j'ai complètement oublié ce qu'on s'est dit.

Elle posa la main sur sa tête et fit un geste pour montrer que tout était balayé de son esprit.

—Je suis lessivée, moi aussi.

J'avais passé la majeure partie de la nuit à me retourner dans mon lit, en partie à cause de la peur, et en partie parce que je me demandais ce que je devais faire.

—Écoute, nous pouvons en parler à nos parents ou à quelqu'un de la production, si tu veux.

—Qui nous croira si nous en parlons? répondit Aaliyah. Et même s'ils nous croyaient, que pourraient-ils faire? Un exorcisme? Appeler SOS Fantômes? Faire venir

Jeremy Sinclair pour qu'il écrive un livre à ce sujet?

Glenda nous jeta un regard par-dessus son épaule et haussa les sourcils.

—Je comprends ton point de vue, dis-je. Il vaut mieux garder ça pour nous.

Je vis une grosse caméra posée sur un chariot à l'entrée du parc. On entendait s'affairer les membres de l'équipe de tournage pendant qu'ils installaient l'équipement. Clarice discutait avec l'assistant lorsqu'elle nous aperçut.

—Les voilà! s'écria-t-elle en s'approchant de nous, un grand sourire illuminant son visage. Les vedettes de l'émission. Tout le monde a profité d'une bonne nuit de sommeil?

Nous fîmes tous signe que oui. Aaliyah et moi échangeâmes un autre regard; ça devenait une habitude.

—Contente de l'apprendre, dit Clarice. Pour cette première scène, je veux vous voir très excités, et je veux ressentir votre fébrilité. Ça va?

—Compris, répondis-je en jetant un coup d'œil aux autres.

Aaliyah semblait épuisée, Jason, remarquablement calme et Sai, incroyablement concentré. *J'espère que tout va bien se passer*, pensai-je tandis que nous prenions place. Le caméraman revérifia le cadrage de la prise. Le perchiste installa un micro sur une perche au-dessus de nos têtes. Et Clarice s'assit dans sa chaise de réalisatrice derrière un écran de lecture.

—Tout le monde en place, dit-elle. Rappelez-vous, les jeunes, vous êtes excités d'être là sans vous douter qu'un clown fantôme rôde dans l'ombre et complote votre perte. Et... action!

—Nous allons tellement nous amuser, les amis! m'exclamai-je, joyeuse et pétillante tandis que, bras dessus bras dessous, nous nous dirigions vers l'entrée de Pennyland. Je ne suis pas allée dans un parc d'attractions depuis des années!

—J'irai dans la grande roue! dit Aaliyah.

—Et moi, dans les montagnes russes! ajouta Jason.

—Je vais manger tellement de maïs soufflé que je vomirai, termina Sai.

Le dialogue n'était peut-être pas digne de Shakespeare, mais je devais rendre justice à Sai. Il incarnait totalement son personnage et sa motivation était convaincante. Je croyais vraiment qu'il mangerait tellement de maïs soufflé qu'il aurait mal au cœur. Ce garçon savait jouer.

—N'oublions pas le chapiteau, les amis, repris-je. J'ai toujours aimé les clowns.

En repensant à ce qui s'était passé au Rire aux larmes, je trouvais maintenant ma réplique un peu déstabilisante.

—Vous pensez qu'il y aura un clown à Pennyland?

—S'il n'y en a pas, j'exigerai d'être remboursé, et je ne plaisante pas, proclama Sai avec une fausse gravité.

Il avait du talent. Réellement.

Nous éclatâmes tous de rire, déposâmes de l'argent sur le comptoir d'une des billetteries et sortîmes du champ.

Gary apparut dans le cadre avec un couteau sanglant à la main (*il en fait peut-être un peu trop*, pensai-je de l'endroit où je me trouvais) et il rejeta la tête en arrière en riant. Il évoquait davantage le Joker que Winnie l'ourson, ce qui était un soulagement.

—Et coupez! ordonna Clarice. Excellent travail, vous tous. Je crois que nous l'avons en une seule prise. Vous trois êtes officiellement des vedettes de la télévision, ajouta-t-elle en s'adressant à Aaliyah, Jason et Sai. Prenez une pause. Je vous appellerai quand nous serons prêts pour la prochaine scène.

Les garçons se tapèrent dans les mains tandis qu'Aaliyah et moi haussions les épaules. Elle sortit son téléphone, puis fronça les sourcils et le remit dans sa poche.

Je crus lire dans ses pensées.

—Je sais ce que tu as dit la nuit dernière, dans le parc, mais pourquoi ne pas faire quelques photos? lui dis-je. C'est un beau moment. Tu devrais en profiter.

Elle sourit et reprit son téléphone. Nous prîmes tous les quatre une série d'égoportraits de groupe devant le panneau à l'entrée de Pennyland. Gary fit irruption dans le dernier avec son masque de clown et je décidai que c'était bien. Aaliyah publia une des images sur Instagram, m'identifia avec Jason et Sai, et écrivit :

Juste en train de batifoler avec mes 3 nouveaux amis. Vous reconnaissez probablement 1 des 3 mais les 2 autres seront bientôt des #vedettes eux aussi! #hurleurs #jouer #c'estçamavie

Trois nouveaux amis. J'avais l'impression de flotter.

—Attends un instant, dit Sai qui me regarda en fronçant les sourcils. As-tu dit que vous étiez dans le parc la nuit dernière?

Jason se redressa :

—Vous n'êtes quand même pas allées chasser les fantômes sans moi?

Je jetai un coup d'œil aux membres de l'équipe qui s'affairaient autour de nous.

—Trouvons un coin tranquille où nous pourrons parler, dis-je.

CHAPITRE
treize

Le vent faisait frissonner les feuilles basses du saule sous lequel nous étions assis. L'agitation qui entourait le tournage avait disparu, remplacée par le même sentiment nébuleux de terreur que j'avais éprouvé presque toute la journée précédente.

Aaliyah et moi racontâmes aux garçons ce qui s'était passé au Rire aux larmes. Tout compte fait, ils réagirent assez bien.

— Je sens que je vais vomir, dit Sai.

— Moi aussi, ajouta Jason. Je n'arrive pas à croire qu'elles ne m'ont pas invité à les accompagner.

— Nous sommes deux personnes très différentes, commenta Sai.

Jason hocha la tête et mit le menton sur ses avant-bras posés sur ses genoux repliés.

Je lui tapotai l'épaule pour le réconforter. Il avait l'air d'un chiot tristounet assis tout seul sous la pluie.

—Allez, mon ami. La prochaine fois, nous t'emmènerons.

—C'est promis?

—Promis.

Il sourit, mais Sai semblait préoccupé.

—Récapitulons. Un fantôme tueur a menacé de vous assassiner dans un palais des glaces cauchemardesque et vous *voulez y retourner*?

—Eh bien, c'est ça, répondis-je. Si nous ne racontons à personne ce qui nous est arrivé, nous devons prendre les choses en main. Il faut en apprendre davantage sur Beauregard de façon à trouver comment nous débarrasser de lui. Non seulement pour assurer notre sécurité, mais pour protéger tous ceux qui visiteront ce parc quand il rouvrira ses portes.

Après avoir pesé le pour et le contre quelques instants, Sai hocha la tête.

—J'ai horreur de l'admettre, mais tu n'as pas tort, dit-il.

—Le parc... Ça me rappelle, dit Aaliyah en claquant ses doigts. Je pense qu'Henriette était une des cinq personnes qui m'ont parlé ce matin.

—Cinq personnes? articula silencieusement Sai en regardant Jason.

—Henriette? articula à son tour Jason.

Sai soupira et chuchota « Beth ».

— Ah, chuchota Jason, qui parut immédiatement plus confus que jamais.

Aaliyah fronça les sourcils et réfléchit.

— Elle m'a donné quelque chose et m'a demandé de le montrer à mes amis, dit-elle en dépliant une feuille de papier qu'elle avait prise dans sa poche arrière.

— Qu'est-ce que c'est? s'enquit Jason.

Nous nous rapprochâmes pour lire par-dessus l'épaule d'Aaliyah.

C'était la photocopie d'un article de journal daté du 2 octobre 1937.

LE CLOWN BEAUREGARD RÉCEMMENT CONGÉDIÉ MEURT PENDANT UNE PRISE D'OTAGES, METTANT FIN TRAGIQUEMENT À UNE CARRIÈRE REMARQUABLE

WINNIPEG — Beauregard, le clown de Pennyland autrefois bien-aimé, qui a présenté des spectacles nocturnes au parc d'attractions pendant une grande partie des treize dernières années avant d'être congédié, en septembre, est mort au cours d'une performance non autorisée présentée devant un public retenu contre son gré. Selon nos informations, Beauregard, dont le nom véritable est Lon Beaumont, a enfermé un groupe de quatre mineurs sous le chapiteau de Pennyland après la fermeture du parc d'attractions, hier soir, et il a présenté un spectacle étrange et désespéré qui a terrifié ses otages. Beaumont a perdu la vie lorsqu'il est tombé de la plateforme d'un trapèze en hauteur.

C'est le dernier d'une suite d'incidents bizarres dans

lesquels Beaumont a été impliqué. Après la fermeture de Pennyland pour la saison hivernale, en novembre dernier, Beaumont a été informé qu'il ne participerait plus au spectacle du cirque, mais qu'il déambulerait plutôt dans le parc en tant que saltimbanque. Les dirigeants de Pennyland ont fait valoir un manque de satisfaction et d'intérêt de la part du public pour justifier son exclusion du spectacle du cirque puis son congédiement, le mois dernier. Mais de nombreux visiteurs ont également rapporté que, tout au long de l'année, le comportement de Beaumont était devenu de plus en plus erratique, et même agressif. On raconte qu'il a proféré des obscénités et que, peu de temps avant d'être mis à la porte, il s'est jeté sur un groupe d'adolescents qui se moquaient de lui.

« Il n'a jamais été ce que je définirais comme un homme sociable, a commenté Frank Cottrell, un trapéziste de la troupe du cirque de Pennyland qui a côtoyé Beaumont pendant des années. Mais je dois reconnaître qu'il donnait un bon spectacle, et peu importait s'il ne se montrait pas amical entre les numéros. Le public l'adorait! »

D'autres personnes ayant travaillé avec Beaumont se sont montrées moins diplomates.

« Il donnait la chair de poule, raconte Isabella Jardir, une funambule de Pennyland. Il fallait l'appeler Beauregard, même quand nous étions en pause. Je ne savais rien de lui. Il gardait son costume et son maquillage de clown jour et nuit. »

Pendant des années, Beauregard et le spectacle du cirque ont été des points forts pour les visiteurs de Pennyland, et la salle était comble presque chaque soir. Les gens appréciaient le mélange de comédie burlesque et d'authentique pathos de ses numéros. Mais les goûts du public ont changé au cours des dernières années et les deux imposants manèges ajoutés dans le parc, le Grand frisson en 1933 et l'Objet volant de la mort en 1935, ont attiré des visiteurs à la recherche d'une forme plus ébouriffante de divertissement.

Le Grand frisson demeure cependant fermé depuis le tragique accident survenu le 29 mai, au cours duquel une fille de seize ans et un garçon de dix-sept ans ont perdu la vie. Les jeunes gens originaires de Winnipeg ont trouvé la mort quand leur cabine s'est renversée et qu'ils ont fait une chute de presque dix mètres. Les autorités ont suspecté un acte criminel, car un dysfonctionnement de l'Objet volant de la mort survenu le même jour a failli causer un autre accident. Tous les employés de Pennyland, y compris Beaumont, ont été interrogés, mais l'enquête en cours n'a encore donné lieu à aucune accusation.

Bien que les quatre mineurs détenus en otages par Beaumont vendredi dernier n'étaient pas disponibles pour commenter l'événement, nous avons appris qu'ils étaient bouleversés mais qu'ils ne souffraient d'aucune blessure. Selon les autorités, Beaumont a interprété plusieurs rôles traditionnels du monde du cirque pendant sa performance, et il a fini par tomber de la plateforme du trapèze. Il a menacé ses otages, leur interdisant de fermer les yeux ou de détourner le regard, exigeant qu'ils regardent son dernier spectacle, et il hurlait sans arrêt : « Si je ne peux pas vous faire rire, je vous ferai pleurer! »

Pennyland demeure fermé pendant la durée de l'enquête et l'on est en droit de se demander si le parc d'attractions pourra rouvrir ses portes ou s'il demeurera cadenassé pour le reste de la saison.

— Mouais, dit Sai. Ça en fait beaucoup à digérer.

— Tout se tient! s'exclama Jason, survolté. Beauregard a été rétrogradé du spectacle du cirque à la fin de la saison et, au début de la saison suivante, des accidents suspects sont survenus dans le Grand frisson et l'Objet volant de la mort. Les deux personnes qui ont perdu la vie dans le Grand frisson étaient des adolescents. Les gens ne s'intéressaient pas à la performance de saltimbanque de Beauregard et les jeunes le narguaient, alors à la fin de cette saison, il a attrapé d'autres adolescents et les a obligés à le regarder faire sa performance sous le chapiteau, disant même que c'était son dernier spectacle. Il semble assez évident que les deux revenants que nous avons vus sont les jeunes qui ont péri dans la grande roue et que Beauregard est responsable de l'accident qui les a tués. Manifestement, il veut en découdre avec des jeunes... comme nous. Puis-je l'avoir? continua-t-il en indiquant l'article de journal qu'Aaliyah tenait dans ses mains.

— Bien sûr, fais-toi plaisir, répondit Aaliyah en lui tendant la feuille.

Elle paraissait un peu soulagée d'en être débarrassée, comme si le papier était contaminé.

Mon cerveau fonctionnait à toute vitesse, cherchant à mettre les divers éléments en place.

— Qu'est-ce que tu as dit hier, Jason? Quelque chose à propos du passé et des fantômes qui vont de l'avant?

—Tous les fantômes sont dans le passé, répondit-il, parce qu'ils ne peuvent avancer.

J'acquiesçai d'un signe de tête.

—Bien, dis-je. Beauregard — Lon Beaumont — était un type bizarre obsédé par sa personnalité de clown. Il ne voulait qu'une chose : jouer son rôle de clown, et quand Pennyland l'en a privé, il a fait des choses horribles... mais il n'a pas réussi à terminer son dernier spectacle.

—Es-tu en train de dire ce que je pense? demanda Sai.

—Je dis que je crois qu'il pourrait aller de l'avant s'il parvenait à donner son dernier, *dernier* spectacle.

—C'est un fantôme, dit Aaliyah. Il a eu, disons, plus de quatre-vingts ans pour présenter son dernier spectacle. Alors pourquoi est-il encore ici?

—De quoi un artiste de la scène a-t-il besoin? demandai-je.

—De photos professionnelles? suggéra Jason, narquois. D'être capable de prendre douze accents différents? D'un emploi de serveur à temps partiel?

—D'un public, dit Sai.

—Bingo, approuvai-je. C'est pour ça que Beauregard n'est pas allé de l'avant. Il a besoin d'un public.

Je regardai tour à tour Sai, Aaliyah et Jason. Les deux premiers ne semblaient pas du tout emballés tandis que le troisième était plus excité que jamais.

—Il a besoin de nous.

quatorze

On passa le reste de la matinée et l'après-midi à filmer, mais la prise unique du matin, un prodige, fut la seule merveille de la journée.

— Coupez!

Le tournage fut beaucoup plus long que d'habitude, avec de quinze à vingt prises par plan.

— Action!

Je réussis même à gâcher une scène dans laquelle je n'avais rien d'autre à faire que de crier « Attention! » en éloignant Aaliyah du jet d'acide propulsé par la fleur que Beauregard portait à sa boutonnière. Ne me demandez pas comment un fantôme arrive à remplir une fleur d'acide.

Nous tournions en face du Rire aux larmes et je ne parvenais pas à me concentrer sur ma performance. Je ne cessais de regarder par-dessus mon épaule pour m'assurer que Beauregard (le vrai Beauregard, pas Gary) ne flottait pas à travers les murs. Et chaque fois que je fermais les yeux pour me concentrer, je ne voyais que la salle du clown pervers avec toutes les poupées.

Je commençais à craindre que Clarice perde la voix à force de répéter « Action! » et « Coupez! » de toute la force de ses poumons, quand mon esprit devint complètement vide au milieu de la scène. Tout le monde me dévisageait avec un mélange d'impatience, de gêne et de compassion. Je savais que j'étais censée dire quelque chose, mais je n'avais aucune idée de ce qu'était ma prochaine réplique.

— Coupez !

Clarice se leva de sa chaise et regarda les membres de l'équipe.

— Prenez une pause, dit-elle.

Le plateau se vida tandis que j'abandonnais le comportement timide de mon personnage et me redressais. Après avoir commis tant d'erreurs bêtes, j'avais de la peine à croiser le regard de Clarice.

Aaliyah, Sai et Jason traversèrent le chemin et se regroupèrent près d'un chariot à maïs soufflé tout en lançant des regards apitoyés dans ma direction.

— Je suis vraiment désolée, Clarice, dis-je.

Je mis une main sur mon front comme pour vérifier ma température.

— Je ne sais pas ce qui m'arrive aujourd'hui. Je n'ai

jamais eu autant de problèmes à me rappeler mes répliques. Tu le sais.

—Bien sûr, répondit Clarice en souriant avec sympathie. Alors quel est le problème?

Je secouai la tête, essayant de trouver quoi répondre.

—Je ne sais pas... J'ai mangé du poisson ce midi même s'il sentait un peu trop le poisson. C'est peut-être un empoisonnement alimentaire?

—Tu n'as pas l'air malade, dit Clarice. As-tu vomi depuis ton repas?

—Non.

—Dans ce cas, ce n'est probablement pas un empoisonnement alimentaire. C'est une bonne nouvelle, se hâta-t-elle d'ajouter en m'entendant soupirer. Si ça avait été le cas, tu aurais probablement été à plat pendant une journée ou deux et la production aurait pris du retard. Écoute, ce n'est pas la fin du monde. Nous avons tous des mauvais jours. Et sans raison, parfois.

—J'imagine, répondis-je en pensant à l'excellente raison pour laquelle j'avais un « mauvais jour ».

Clarice consulta sa montre.

—C'est presque l'heure du souper et je pense que nous avons à peu près ce qu'il nous faut. Nous devrions arriver à bricoler des parties de chacune des prises pour que cette scène fonctionne. Prenons une pause pour nous changer les idées. Ça te va?

— Ouais, ça me va.

Clarice souriait comme si elle me cachait quelque chose.

— Qu'est-ce qui se passe? lui demandai-je.

Elle semblait sur le point d'exploser d'impatience.

— Je voulais annoncer cette surprise pendant le souper, mais pourquoi pas? Je n'ai jamais été douée pour garder un secret.

Elle se tourna et fit signe aux autres d'approcher.

— Aaliyah! Jason! Saï! Venez ici! J'ai une excellente nouvelle, dit-elle quand ils furent là. J'ai parlé avec les administrateurs de Pennyland, cet après-midi. Ils m'ont dit que l'Objet volant de la mort et le Grand frisson ont été inspectés avec succès. Vous quatre serez les premiers jeunes du pays à faire un tour de ces manèges depuis leur rénovation!

Et les nouvelles « s'améliorèrent » encore. Glenda avait pu réorganiser l'horaire du tournage de façon à nous laisser la soirée libre.

Le reste de l'après-midi se volatilisa en un clin d'œil. Avant d'avoir le temps de réfléchir à la soirée qui nous attendait, je rencontrai les autres devant le Grand frisson pendant que le soleil se couchait au loin.

— C'est drôle comme vingt-quatre heures peuvent

changer notre point de vue, nous fit remarquer Aaliyah. Hier, je me sentais emballée à la perspective de tester quelques manèges, et maintenant, je suis épouvantée.

Jason approuva d'un hochement de tête.

—Après ce que vous avez vécu la nuit dernière et ce que nous avons appris sur Beauregard, je ne me sens plus exactement transporté de joie à cette idée.

Comme il semblait un peu plus courageux que nous, ses paroles en disaient long.

—D'après vous, pourrai-je contrôler mon acrophobie si je ferme les yeux et que je pense à des choses joyeuses? demanda Sai.

— Tu as peur des acrobates? s'étonna Jason.

— Quoi? Non. L'acrophobie est la peur des hauteurs.

— C'est plus logique, remarqua Jason sur un ton détaché.

— Nous sommes peut-être en train de dramatiser, suggérai-je. Je suis certaine que les manèges sont complètement sûrs, sans parler du plaisir qu'ils vont nous procurer. Et n'oublions pas que Beauregard a trafiqué les manèges autrefois, dans les années 1930, et que l'Objet volant de la mort et le Grand frisson ont été réparés et améliorés depuis. Qui plus est, le clown n'était pas mort à l'époque! Même si un fantôme pouvait encore faire ce qu'il a fait quand il était vivant, les manèges ont toutes sortes de nouvelles mesures de sécurité et de systèmes de secours.

—Elle a raison! vociféra quelqu'un derrière nous, me faisant sursauter.

—Henriette! s'écria Jason, éberlué.

Sai leva un doigt et ouvrit la bouche pour rectifier, puis il changea d'idée.

—Euh. Tu l'as eu, cette fois.

—Les chances sont de cinquante pour cent, concéda Jason, je devais donc finir par avoir raison.

—Rien de mal n'arrivera dans ces manèges, affirma Henriette. Croyez-moi.

Je fis taire la voix qui, à l'arrière de ma tête, s'élevait pour me rappeler qu'Henriette était si nouvelle à Pennyland qu'elle n'avait même pas un uniforme à son nom. Mais elle avait beau être une recrue au parc d'attractions, elle était responsable des manèges. Si elle affirmait qu'ils étaient sûrs, ils devaient l'être.

Alors pourquoi avais-je encore des papillons dans le ventre?

—Mais est-ce que je vous ai bien entendus? reprit-elle. Avez-vous parlé d'un fantôme qui trafiquait les manèges?

—Quoi? m'écriai-je avec un sourire et un rire que j'espérais insouciants. Non, bien sûr que non. Je ne sais *rien* à propos des fantômes.

—Tu es la vedette d'une émission qui ne traite que de fantômes, fit remarquer Henriette.

Je claquai mes doigts.

—Oui! C'est justement ce dont nous parlions. Le fantôme dans l'épisode que nous tournons.

—Très bien, dit lentement Henriette, ce qui m'amena à penser qu'elle n'avait pas tout à fait cru mon mensonge, mais qu'elle allait en rester là… ou peut-être me trouvait-elle un peu farfelue. Avez-vous lu l'article que j'ai donné à Aaliyah, ce matin?

—Évidemment! s'exclama Jason.

—Bien, dit Henriette. Il était épinglé sur le babillard dans le local du personnel derrière quelques affiches. Comme il avait l'air d'être là depuis longtemps, je me suis dit qu'il ne manquerait à personne. Et je savais que vous seriez intéressés vu toutes les questions que vous avez posées hier. Oh! s'exclama-t-elle après avoir consulté sa montre. Regardez ça! Dans trois, deux, un…

Nous entendîmes un bruit électrique et toutes les lumières s'allumèrent en même temps. Une musique de carnaval émergea des haut-parleurs installés sur des poteaux. Un instant plus tard, l'Objet volant de la mort accéléra sur sa piste brinquebalante en bois. La roue du Grand frisson se mit lentement en branle. Des rires enregistrés — le même son menaçant que j'avais entendu la nuit précédente — s'échappèrent du Rire aux larmes. Et la lumière des projecteurs inonda le ciel au-dessus du chapiteau.

Assis dans l'éclat d'un million de lueurs scintillantes, nous retînmes collectivement notre souffle. Ce qui nous entourait me donnait la chair de poule. Mais d'une façon positive.

—N'est-ce pas magnifique? s'écria Henriette.

J'ignorais si elle évoquait un manège ou un édifice en particulier, ou l'ensemble du parc, mais peu importait, j'étais d'accord avec elle.

—Bonsoir, tout le monde, dit Clarice en s'approchant de nous. Cet endroit n'est-il pas incroyable le soir quand tout est éclairé et que les manèges sont en mouvement? Quand l'équipe aura fini d'installer quelques trucs, nous pourrons commencer à filmer.

—Tu veux dire que nous allons tourner ce soir? Finalement, nous ne ferons pas de tours de manèges?

Clarice éclata de rire.

—Non, vous avez de la chance. Nous allons faire quelques plans de coupe : les manèges, les jeux, les casse-croûte et, surtout, les gens qui s'amusent dans le parc. Nos figurants devraient arriver d'une minute à l'autre, mais c'est votre soirée de congé et j'ai demandé à l'équipe de vous laisser tranquilles pour que vous profitiez des manèges en paix.

—Plutôt en *pièces*, marmonna Jason.

—Pardon? demanda Clarice.

—Rien! dit Jason, ses joues s'empourprant.

— Eh bien, allez-y! dit Clarice.

— Je vous recommande de commencer par l'Objet volant de la mort, dit Henriette. Comme ça, votre rythme cardiaque pourra redescendre ensuite dans le Grand frisson.

En la voyant essayer de réprimer un rire — c'était un genre de blague d'initiés —, il devint impossible de croire à ce qu'elle venait de dire.

Jason et Sai échangèrent des regards avec Aaliyah et moi. Des regards qui semblaient dire : *Allons-nous vraiment faire ça?* Je fis signe que oui.

— Merci pour le conseil, Henriette, dis-je. Qu'en pensez-vous?

Personne ne protesta, mais je voyais bien qu'ils manquaient d'enthousiasme.

Tout ira bien, tentai-je de me rassurer. Mais même ma voix intérieure avait un soupçon de désespoir et de doute.

Nous nous dirigeâmes vers l'Objet volant de la mort comme quatre papillons de nuit piégés dans la plus grande, la plus brillante et la plus dangereuse flamme du monde, prêts à faire le tour de manège de notre vie.

CHAPITRE
quinze

Quinze minutes plus tard, Pennyland renaquit dans une explosion de cris.

Jusque-là, je n'avais vu que des employés de Pennyland et des membres de l'équipe de tournage dans le parc, mais il fut soudain bondé. Les figurants arrivés dans deux autocars envahirent la zone où le tournage aurait lieu. Certains, censés représenter les visiteurs, gardèrent leur tenue de ville tandis que d'autres reçurent des uniformes du parc d'attractions. Assignés à différents sites, ceux-ci devaient faire semblant d'y travailler. Des enfants couraient en poussant des cris de joie, des parents les poursuivaient en riant, des groupes d'adolescents allaient d'un manège à l'autre et des jeunes couples marchaient main dans la main.

Des employés de Pennyland interpelaient les passants pour les inciter à tenter leur chance. « Tiens-toi ici et je vais deviner ton poids et ton âge! » ou « Teste ton habileté.

Vois si tu vises juste. Un prix dans chaque ballon! »

Nous regardâmes autour de nous, ébahis. Auparavant silencieux et sans vie, le parc était à présent plein d'effervescence et de merveilles. Pour la première fois depuis longtemps, j'eus l'impression d'être une fille normale visitant un parc d'attractions avec ses amis, et non une actrice sur un plateau de télé qui ne cesse de regarder par-dessus son épaule pour voir si des esprits rôdent. Je me sentais bien. Très bien.

Derrière nous, le Grand frisson tournait de façon hypnotique tandis que l'Objet volant de la mort passa devant nous avec un son de cliquetis qui me ramena à la réalité.

Des figurants faisaient la queue pour monter à bord de l'Objet volant. Nous fîmes une pause avant de nous joindre à eux.

—Écoutez, dis-je, la voix sèche et les paumes moites. Nous pouvons nous défiler. Personne ne nous oblige à faire des tours dans aucun de ces manèges.

Aaliyah et Jason semblèrent réfléchir à ma proposition, mais Sai leva les mains et s'éloigna en trombe.

— C'est ridicule! Ce n'est qu'un manège!

Il rejoignit la file sans même attendre de voir si nous le suivions.

Après un moment de silence abasourdi, Jason déclara :

— Si le gars qui souffre d'aérophobie y va, j'y vais aussi.

—Acrophobie, corrigea Aaliyah. Mais si le manège se casse et qu'un des trains dérape de la piste, je suis certaine que nous allons tous développer de l'aérophobie aussi.

Nous nous hâtâmes de rejoindre Sai qui avait déjà l'air de regretter sa décision.

—Ce n'est qu'un manège, chuchota-t-il à plusieurs reprises. Un manège, très, très, très haut.

—Tu vas y arriver, mon ami, dit Jason en le tapant dans le dos.

—Ouais, dit Aaliyah, qui leva les yeux vers le sommet de la piste en bois. Ce sera... amusant.

—Et nous serons ensemble, ajoutai-je dans l'espoir que cet argument serait aussi convaincant pour eux qu'il l'était pour moi.

La file n'était pas très longue et nous arrivâmes assez vite à la plateforme d'embarquement, ce qui était une bonne chose car nous eûmes moins de temps pour penser au manège et paniquer davantage. Un des techniciens nous indiqua les deux premières rangées. Sai était livide et il commençait à transpirer. Je pris donc Aaliyah par le bras et la guidai vers la rangée à l'avant afin que Sai et Jason s'assoient derrière nous. Comme ça, nous ne serions pas derrière Sai s'il vomissait pendant le tour de manège.

Nous bouclâmes nos ceintures et abaissâmes la barre

de sécurité, puis le préposé vint s'assurer que tout était bien attaché. Ensuite, un autre technicien dans la cabine de contrôle leva son pouce et notre train s'ébranla.

— C'était une erreur, dit Sai.

— Certaines des meilleures expériences de ma vie ont commencé par des erreurs, répondit Jason.

À entendre sa voix chevrotante, je pensai qu'il essayait de couvrir sa nervosité avec un peu d'humour.

Aaliyah avait fermé les yeux et enfonçait ses ongles dans le capitonnage de notre barre de sécurité.

Et moi? Ma peur s'évapora totalement dès que nous commençâmes à grimper la première côte. Je ne m'étais jamais sentie aussi heureuse depuis le jour où on m'avait offert un rôle dans *Hurleurs*. Je levai les bras dans les airs et me mis à crier — de joie, pas de peur — quand nous atteignîmes le sommet et commençâmes à dévaler la pente raide. Quand, un instant plus tard, nous nous mîmes à gravir la deuxième côte, mes cris se transformèrent en rires.

Je n'étais pas la seule. Aaliyah avait ouvert les yeux et riait à mes côtés, et je pouvais entendre les garçons s'esclaffer eux aussi derrière moi. Notre train piqua et plongea, négocia des virages très serrés, puis nous poussâmes des cris de joie et applaudîmes une fois de retour sur la plateforme un peu moins de trois minutes après notre embarquement.

— C'était formidable! s'exclama Jason en sortant du manège.

— J'ai adoré chaque moment, renchérit Aaliyah.

— Tu as survécu, Sai, ajoutai-je avec un sourire.

— Si ça ne m'a pas guéri de ma peur des hauteurs, ça ne m'a pas tué non plus, répondit-il. Même si personne ne m'a donné un million de dollars pour faire un tour de ce manège, je considèrerai le fait de ne pas être mort comme une victoire.

— Tu veux recommencer? lui demandai-je.

Il leva la main.

— Non. Je peux attendre, disons, encore un ou dix ans.

Nous éclatâmes de rire et poursuivîmes notre chemin dans le parc. Une famille entrait dans le Rire aux larmes au moment où nous nous en approchions et je m'arrêtai brusquement quand je vis qu'il était ouvert au public. Je n'avais aucune envie d'y retourner, mais je savais que Jason le voudrait, lui. Et, bien sûr, il commença à traverser l'allée qui y menait sans dire un mot, en vitesse de croisière.

Aaliyah me regarda nerveusement, de toute évidence perturbée à l'idée d'y retourner. Il nous faudrait du temps pour surmonter ce que nous — elle, surtout — avions vécu la nuit précédente. Je lui souris d'un air réconfortant.

— Hé! Jason, dis-je. Si nous renoncions au Rire aux

larmes pour le moment? Tu pourras y aller plus tard si tu en as envie.

Son visage se décomposa.

— Mais, mais, mais… les *fantômes*.

J'eus soudain une idée.

— Et si nous allions dans le Grand frisson? Nous avons pas mal de chances d'y trouver quelques revenants, pas vrai?

Un couple âgé qui passait par là haussa les sourcils et s'éloigna rapidement.

— Nous répétions un dialogue, criai-je dans leur dos.

— Ça me paraît sympa, dit Jason, rasséréné.

Nous marchâmes encore quelques minutes avant de parvenir devant le Grand frisson.

— Tu n'auras pas de problème avec ce manège? demanda Jason à Sai.

— Comme je n'ai ni perdu connaissance ni vomi dans l'Objet volant de la mort, je pense m'en tirer sans problème dans cette grande roue, répondit Sai.

— Elle monte beaucoup plus haut que l'Objet volant, fit remarquer Aaliyah.

Sai grogna comme s'il venait soudain de s'en souvenir.

— Mais elle est tellement plus lente, ajouta Aaliyah sur un ton rassurant.

Sai grogna de nouveau, mais le son était légèrement plus encourageant et optimiste.

Chacune des cabines du Grand frisson accueillait deux personnes. J'approchai de la plateforme d'embarquement avec Aaliyah. Les garçons se tenaient juste derrière nous. Le préposé, un jeune homme vêtu de l'uniforme du parc, souleva son chapeau tout en tenant la porte de la cabine ouverte.

— Profitez-en bien, jeunes filles, dit-il.

Aaliyah et moi prîmes place côte à côte et bouclâmes nos ceintures. Il vérifia qu'elles étaient bien attachées et ferma la porte — CLANG! —, nous coinçant à l'intérieur.

— Hé! Ça va? chuchota Aaliyah.

— Bien sûr, répondis-je. Ce n'est qu'une grande roue.

— Non, je ne parle pas de ça, reprit Aaliyah à voix basse. Le tournage aujourd'hui a paru un peu... difficile.

— C'était un mauvais jour pour moi, je suppose. Ça arrive tout le temps, même quand on ne tourne pas dans un lieu réellement hanté. Ça finit par être un peu dérangeant.

L'air soulagée, Aaliyah éclata de rire.

— Puis-je te raconter une histoire?

Curieuse, je fis signe que oui. Du coin de l'œil, je vis les garçons s'installer dans la cabine derrière nous.

— Une fois, j'ai eu peur parce que je me sentais inférieure à cette prodigieuse comédienne avec qui je travaillais sur une émission de télé. Tu en as peut-être entendu parler : ça s'appelle *Hurleurs*.

— Hum, oui, répondis-je en riant. Le nom me rappelle quelque chose.

— Eh bien, j'ai confié à cette actrice ce que je ressentais et elle m'a donné des conseils qu'elle avait déjà reçus. Elle m'a dit que jouer la comédie est une expression de notre moi intérieur et que je devais me rappeler d'avoir du plaisir. C'est ce que j'ai fait, et je me suis incroyablement amusée à tourner mes premières scènes.

— Cette actrice, dis-je, elle semble géniale.

— Oh! Elle l'est, dit Aaliyah. J'ai de la chance de l'avoir comme amie. Mais nous pouvons appliquer ce conseil à la vraie vie aussi. Je vais toujours me rappeler d'avoir du plaisir, peu importe ce que je fais. Tu devrais faire pareil.

C'était ridicule, mais les larmes me montèrent aux yeux et je faillis me mettre à pleurer. Les paroles d'Aaliyah me touchaient personnellement. Je la serrai dans mes bras.

— Merci.

— Merci *à toi*, dit-elle.

Nous nous séparâmes et regardâmes autour de nous.

— N'est-ce pas merveilleux? Nous avons tout un parc d'attractions quasiment rien que pour nous!

— Je sais! Au plaisir de nous amuser avec de nouveaux amis!

— Écoute, écoute!

Notre cabine monta en flèche dans les airs, beaucoup

plus vite que je l'avais prévu. J'eus l'estomac noué, une sensation de chatouillement légèrement nauséeuse. Je ris avec Aaliyah et j'entendis les garçons applaudir dans leur cabine pendant l'ascension.

Au sommet de la roue, la vue était à couper le souffle. Nous pouvions voir tout le parc et, d'où nous étions, les gens au sol avaient l'air d'insectes. J'aperçus au loin l'Objet volant de la mort bondé de figurants se déplacer à toute vitesse. Les files d'attente aux casse-croûte étaient courtes et je décidai d'offrir à mes amis tout ce dont ils auraient envie quand nous sortirions du Grand frisson. Et le chapiteau semblait étinceler sous les milliers de lumières du parc.

— C'est incroyable! hurlai-je en mettant mon bras autour des épaules d'Aaliyah.

— Stupéfiant! approuva-t-elle.

Elle contemplait ce qui s'offrait à nous avec un air d'émerveillement enfantin.

Le vent faisait voler mes cheveux et couler des larmes sur mes joues.

Tu aimes pleurer. Tu aimes ça, tu aimes ça, tu aimes ça.

C'était la voix de Beauregard qui murmurait dans ma tête. Je jetai un regard vers les garçons. Tout semblait sous contrôle. De toute évidence, les événements de la nuit précédente pesaient encore sur moi. Malheureusement, ce serait probablement le cas encore longtemps.

Quand je me retournai, la Revenante se matérialisa entre Aaliyah et moi. La bouche grande ouverte, elle regardait fixement devant elle de ses yeux morts. De la brume se leva autour d'elle et nous encercla toutes.

—Vous n'êtes pas mieux que mortes, dit-elle.

Elle tourna lentement la tête vers moi. Le sang qui trempait ses cheveux coula dans son visage.

—Comme moi.

Il n'y avait pas d'échappatoire. Nous étions au sommet de la grande roue, piégées à quarante mètres dans les airs avec un fantôme. Mon esprit s'emballa, essayant de trouver une façon de nous extraire du manège et de ce cauchemar. La seule chose qui me vint à l'esprit fut de crier, de hurler à tous ceux qui se trouvaient au-dessous de nous faire sortir, mais il nous faudrait encore attendre avant de retourner au sol.

Notre cabine fit une embardée dans un grand bruit de grincement métallique.

Bousculées dans nos sièges, Aaliyah et moi nous regardâmes avec de plus en plus d'appréhension.

— C'est comme ça que je suis morte, dit la Revenante.

J'eus l'impression que quelque chose s'était détaché dans le gréement qui reliait notre cabine au rebord extérieur de la roue. La peur de tomber vers ma mort remplaça ma peur de la Revenante.

— D'où est-elle venue? hurla Sai derrière nous.

Avant que je puisse répondre, nous commençâmes à descendre et notre cabine vacilla de nouveau, plus violemment cette fois. J'échangeai un autre regard avec Aaliyah et nous nous assurâmes que nos ceintures de sécurité étaient bien attachées.

— Quand notre cabine s'est décollée et qu'elle a atteint le sol, j'ai été projetée en avant et je me suis fracassé la tête sur ces barres, dit la Revenante.

Elle tendit le bras et passa ses doigts pâles le long de la cage devant nous.

— Au moins, tout a été fini en un éclair. Je n'ai rien senti. J'espère que ce sera la même chose pour vous.

La Revenante était-elle responsable de ce qui se passait? Avait-elle saboté le manège? Le cas échéant, pourquoi voulait-elle nous tuer, Aaliyah et moi? Était-elle jalouse des vivantes? Espérait-elle ne plus être seule dans son malheur? Obéissait-elle aux ordres de Beauregard?

— Nicolas ne m'a jamais pardonné, reprit-elle. C'était moi qui voulais aller dans le Grand frisson. Comme votre ami, il avait la phobie des hauteurs.

L'espace d'un instant, j'imaginai le fantôme de Sai hantant le mien pendant toute la durée de nos après-vies, en colère parce que nous l'avions persuadé d'essayer les manèges enivrants. Lorsque je me retournai, je constatai que leur cabine bondissait, elle aussi, d'avant en arrière.

— Accrochez-vous bien! dis-je.

Cela ne nous sauverait sans doute pas, mais je refusais d'admettre qu'il n'y avait rien à faire pour nous protéger et sauver nos vies. L'air épouvanté, Sai et Jason agrippèrent les barres de sécurité de leur cabine.

Je perçus un *claquement* métallique et notre cabine s'inclina vers l'avant pour la troisième fois. Elle se pencha vers l'arrière, vers le milieu de la grande roue. Puis elle s'immobilisa brusquement une fois arrivée au milieu. Aaliyah et moi poussâmes un grand cri.

Avant que nous ayons eu le temps de dire ou de faire quoi que ce soit, notre cabine reprit sa position originale sur le rebord externe de la roue. Je me préparai à l'inévitable : nous étions sur le point d'être projetées vers le ciel. Heureusement, encore une fois, nous nous arrêtâmes brusquement.

Un petit groupe s'était rassemblé au sol sous le Grand frisson. Les gens parlaient en pointant le doigt vers nous. Dieu soit loué! Avec un peu de chance, quelqu'un remarquerait que nos cabines se détachaient et le dirait au technicien pour qu'il arrête le manège. Mais j'entendis alors un son inattendu venu du groupe. Ils riaient de nous! Ils nous prenaient pour une bande d'ados en train de paniquer et de réagir de façon excessive.

Ils ne pouvaient pas voir la Revenante. Ils ignoraient aussi que nos vies étaient vraiment en danger.

J'allais appeler à l'aide quand j'aperçus Beauregard. Le vrai Beauregard, pas Gary. Debout au milieu de la foule, il nous contemplait avec jubilation. Les gens n'étaient sans doute pas capables de le voir car l'un d'eux marcha à travers le clown sans provoquer aucune réaction.

—Il va le faire! dis-je à Aaliyah en indiquant Beauregard. Il va nous tuer comme il l'a tuée, elle.

Je fis un geste vers la Revenante.

—Ne dites pas que je ne vous avais pas prévenus, lança-t-elle avec une angoissante absence d'émotion.

Juste à temps, notre cabine s'envola en arrière, s'arrêta, puis se propulsa vers l'avant. C'est à ce moment que je remarquai qu'elle était sur une piste. Pendant que nous descendions, la piste s'inclinait vers le haut et vers le bas comme une bascule, nous faisant donner de la bande d'un côté puis de l'autre. Les cabines au-dessus et au-dessous faisaient pareil. Beauregard et la Revenante n'en contrôlaient pas le mouvement... elles faisaient ce qu'elles étaient censées faire.

Comme je commençais à me sentir plus en sûreté dans le manège, ma peur fit place à la colère.

—Qu'attends-tu de nous? criai-je à la Revenante. Tu te sens bien quand tu fais peur aux autres?

Nous glissâmes de nouveau en arrière et en avant et, à présent que je m'y attendais, la secousse me parut moins forte et je cessai de penser que notre cabine allait sortir de ses gonds.

—Non, dit la Revenante. Je ne me sens pas mieux. Rien ne me fait me sentir bien. Rien ne me fait *ressentir*, point à la ligne.

—Alors, pourquoi essaies-tu de nous faire du mal? demanda Aaliyah. Tu es comme Beauregard.

La Revenante plissa le nez et étira les lèvres. Je ne croyais pas les fantômes capables de vomir, mais c'était ce qu'elle semblait sur le point de faire.

—Nous ne sommes pas du tout comme lui. C'est sa faute si nous sommes morts, sa faute si nous ne pouvons plus avancer, sa faute si nous sommes coincés ici pour l'éternité. Et il vous fera connaître le même sort.

La Revenante n'essayait pas de nous faire du mal, ni même de nous effrayer. Elle n'était qu'un fantôme plein de rancœur.

Je scrutai la foule et fus soulagée de voir que Beauregard avait disparu.

Une idée commença à prendre forme dans mon esprit.

—Si nous pouvons t'aider à avancer, nous aideras-tu à nous débarrasser de Beauregard?

—Oui, évidemment, répondit la Revenante en hochant la tête avec ferveur. Mais ces deux choses ne sont pas possibles.

—Je crois qu'elles le sont, dis-je. En fait, je pense

qu'elles sont liées — nous pouvons faire en sorte qu'elles se produisent en même temps.

Je n'eus pas le temps de m'expliquer davantage car nous venions d'arriver à la plateforme d'embarquement et le manège s'immobilisa. Henriette était là et elle nous accueillit avec un grand sourire. La Revenante fut avalée par la brume et disparut avant que le préposé ouvre la porte et nous laisse sortir de la cabine. Saï et Jason quittèrent la leur. Ils paraissaient chancelants, comme sur le point de tomber à chaque pas.

—Alors, c'était excitant? nous demanda Henriette, impatiente. J'ai cru que vous aviez réellement peur d'y laisser votre peau!

—Bien, nous ne savions pas que la cabine allait glisser en avant et en arrière, dis-je. Alors, oui, c'était plutôt terrifiant.

Ce n'était pas la seule raison, mais je pensai qu'il valait mieux en rester là.

Un sourire éclaira le visage d'Henriette.

—N'est-ce pas un ajout formidable que de faire glisser les cabines comme ça pendant la descente?

—Ç'a été formidable quand j'ai compris qu'elles étaient censées le faire, répondis-je. Merci beaucoup, ajoutai-je.

—Il n'y a pas de quoi, mais je ne peux pas m'en attribuer tout le mérite, dit Henriette qui n'avait absolument pas saisi mon sarcasme. Beth et les autres avant moi ont commencé le travail, mais je vois déjà que ces améliorations vont connaître un grand succès. L'expression de vos visages était impayable!

Elle rit jusqu'à la fin de sa phrase, et put à peine la terminer avant de prendre une grande goulée d'air. Une fois son besoin d'oxygène satisfait, elle se remit à rire encore plus fort.

— En effet, m'obligeai-je à répondre.

Je pris doucement le bras d'Aaliyah et fis signe aux garçons de nous suivre, puis je commençai à m'éloigner.

— Nous allons prendre une bouchée. Je meurs d'envie de manger un beignet.

Henriette était si heureuse de la façon dont le manège s'était comporté et de nos réactions qu'elle sembla à peine comprendre ce que j'avais dit.

Je ne mourais pas d'envie de manger un beignet, bien entendu. Je mourais d'envie de partager le projet qui se formait dans ma tête.

dix-sept

Sai avait les mains tremblantes, et le visage de Jason était livide.

— C'était plutôt terrible, dit ce dernier.

Il pointa un pouce par-dessus son épaule en direction du Grand frisson.

— J'ai mal au cœur.

— Ça n'a certainement pas amélioré ma phobie des hauteurs, ajouta Sai.

— Mais nous avons au moins revu la Revenante, reprit Jason. Sans ça, l'expérience aurait été vraiment effroyable.

— Qu'est-ce que tu racontes? protesta Sai. La Revenante l'a rendue *encore plus* terrible!

— À chacun son truc, conclut Jason. Que voulait-elle?

— Notre échange a été bref, heureusement, répondis-je. Mais elle a confirmé que Beauregard avait trafiqué le Grand frisson, ce qui a causé l'accident qui les a tués. L'avez-vous vu?

—Il était aussi dans votre cabine? demanda Jason d'une voix plaintive.

Je secouai la tête.

—Je l'ai aperçu au sol, au milieu de la foule. Il nous dévisageait avec son expression affreusement joyeuse, puis il a disparu.

— Ce clown a des problèmes, dit Sai.

—La Revenante et son petit ami, Nicolas, étaient le jeune couple dont nous avons lu l'histoire dans cet article de journal qu'Henriette m'a donné, expliqua Aaliyah.

—Nicolas? fit Jason sur un ton ironique. Et son nom à elle, tu ne le connais pas?

—Non, mais nous savons maintenant pourquoi ils sont piégés ici, dis-je. Ils sont morts trop jeunes, trop tragiquement. Mais si nous parvenons ensemble à obliger Beauregard à aller de l'avant...

—Ils pourraient réussir à avancer eux aussi, termina Jason.

— Ça vaut la peine d'essayer, non? dis-je.

—Attendez, attendez, attendez, m'interrompit Sai. Êtes-vous en train de dire ce que je pense?

Personne ne répondit.

—Nous allons délibérément trouver Beauregard?

Encore une fois, nous restâmes silencieux.

—Et puis quoi? Faire équipe avec deux autres fantômes afin d'envoyer le clown dans ce machin souterrain?

— Le royaume souterrain, rectifia Jason. Ça fait du bien de te corriger, pour changer, continua-t-il avec un sourire.

— C'est le meilleur moyen de nous protéger et de protéger les milliers de jeunes sur le point de se ruer sur Pennyland quand le parc ouvrira ses portes au public, expliquai-je à Sai.

Il nous regarda à tour de rôle puis il hocha la tête.

— Très bien. J'ai confiance en vous. Quoi que vous ayez l'intention de faire, je suis de la partie.

Il tendit la main, la paume vers le bas.

Ne voulant pas le laisser languir, je me hâtai de poser ma main sur la sienne.

Jason fit de même, puis Aaliyah.

— Nous sommes comme les trois mousquetaires, dit Aaliyah, sauf que nous sommes quatre.

— En fait, ils étaient quatre, une fois que D'Artagnan a rejoint Athos, Aramis et Porthos.

Mes trois compagnons me dévisagèrent avec différents niveaux de surprise et de confusion.

J'éclatai de rire.

— L'an dernier, j'ai signé un contrat pour être la vedette d'une nouvelle version toute féminine des *Trois mousquetaires*, alors j'ai lu le livre. Mais on a renoncé au projet pendant la préproduction. Ç'aurait été mon premier long métrage.

— Eh bien, oublie-les, dit Aaliyah. Tu nous as, nous.

Je souris.

— Un pour tous et tous pour un?

Nous levâmes nos mains dans les airs.

— Alors, quel est le plan? demanda Sai.

— Nous allons assister au spectacle de Beauregard, répondit Aaliyah. Son spectacle *final*.

J'approuvai d'un signe de tête.

— Mais nous serons ceux qui riront les derniers.

Aaliyah siffla d'un air admiratif.

— C'était une phrase digne de *Hurleurs*.

— Merci, répondis-je en souriant.

Jason lança son poing dans les airs.

— Nous allons à la chasse aux fantômes, ce soir! Je vais chercher mon équipement!

— N'oublie pas les bâtonnets au fromage! lui rappelai-je.

Moins de quinze minutes plus tard, nous nous retrouvâmes devant le chapiteau. On avait arrêté les manèges et les figurants commençaient à sortir du parc. L'équipe de tournage remballait le matériel et les employés de Pennyland fermaient les portes pour la nuit.

Nous avions tous dit à nos parents que nous allions répéter une des scènes capitales du lendemain — qui serait filmée sous la tente —, ce qui constituait le prétexte idéal. Avec un peu de chance, ce serait notre dernier mensonge.

J'avais beau savoir que nous faisions ce qu'il fallait faire, j'aurais voulu être n'importe où ailleurs.

ZOÉ WINTER RÉSISTE À L'ENVIE PRESSANTE DE RENTRER CHEZ ELLE RETROUVER SA MAMAN ET SE CACHER SOUS SON LIT

Le grand titre dans ma tête m'obligea à affronter mes émotions. J'avais peur, mais je l'acceptais, et cela me donnait le pouvoir d'agir. J'inspirai profondément et je me dis que je pouvais y arriver. Après tout, ce n'était pas comme si j'avais été seule. J'étais avec des amis.

— Alors, comment convoquons-nous la Revenante et son petit ami? demanda Sai. Tu as des appareils que nous pouvons utiliser pour les appeler?

Jason secoua son sac à dos en tous sens et haussa les épaules.

— J'ai laissé ma planche de Ouija à la maison. Trop encombrante.

— Nous n'avons pas besoin de planche Ouija, dis-je, plongeant ma main dans les buissons à côté du chapiteau. J'en sortis la silhouette du seul et unique Beauregard.

IL **RIT!**
IL **PLEURE!**
IL EST **TORDANT!**

J'entendis le rire du clown quelque part au loin. Je me retournai aussitôt et regardai derrière moi, puis à gauche, devant, et à droite, sans parvenir à le localiser. Je regardai une dernière fois derrière moi et laissai tomber la silhouette.

La Revenante et Nicolas se tenaient dans un tourbillon de brume.

— Qu'est-ce que tu as *encore* fait? demanda la Revenante, son regard intense fixé sur moi.

— Je vous ai convoqués, répondis-je.

— Ce que tu as fait le fera venir, lui aussi, dit la Revenante sans me laisser le temps de m'expliquer. Il est, d'une façon ou d'une autre, lié à cette silhouette et il le sait quand quelqu'un la touche. Et, tout comme la dernière fois, il viendra pour vous.

— Parfait, dis-je en m'efforçant d'avoir l'air courageuse. C'est ce que nous voulons. Je crois que nous pouvons le faire avancer, ce qui vous permettra d'avancer à votre tour.

Le regard de Nicolas se posa sur moi puis sur sa petite amie morte.

— Est-ce possible? demanda-t-il, désespéré.

— Je le crois, affirmai-je. Nous devons envoyer Beauregard au royaume souterrain, et vous êtes coincés ici à cause de ce qu'il vous a fait. Si vous nous aidez à arrêter Beauregard, je pense que vous serez libres.

— Beauregard n'ira jamais au royaume souterrain de son plein gré, dit la Revenante. Il ne veut qu'une chose : continuer à être un clown. Continuer à tuer.

— Eh bien, nous n'allons pas lui demander gentiment de quitter cette dimension, déclara Jason.

— Nous allons le forcer à partir, ajouta Aaliyah.

La Revenante et Nicolas nous dévisagèrent tour à tour, puis leurs regards incrédules se posèrent sur Sai.

Il leva les mains.

— Hé! Ne me regardez pas, dit-il. Ce n'était pas mon idée. Je voulais seulement jouer dans l'émission, mais je suis là.

— Il est puissant, bien plus puissant que nous, reprit la Revenante. Il y a des années, nous avons vu Beauregard ouvrir un passage vers le royaume souterrain.

— Où était ce passage? demanda Jason.

La Revenante indiqua la tente.

— Un visage de clown est peint sur le sol au centre de la piste. C'est là qu'il est tombé et qu'il est mort, il y a toutes ces années. Ce soir-là, un gouffre s'est ouvert et les bruits des morts en sont sortis. Nous avons vu

Beauregard scruter ses profondeurs. Quand il s'est aperçu que nous le regardions, il est entré dans une rage folle, le trou s'est refermé et il nous a chassés de la tente en poussant un gloussement diabolique.

— C'est ça, dis-je aux autres. C'est ce que nous devons faire.

— Quoi, Zoé? demanda Aaliyah.

— Nous devons amener Beauregard à rouvrir ce passage, puis nous devons le pousser dedans.

— Ça ne marchera pas, dit Nicolas. Il ne vous laissera pas approcher suffisamment, et même s'il le faisait, ce serait trop dangereux.

— Mais pas pour nous, intervint la Revenante. Une fois que nous aurons pris notre revanche sur Beauregard, nous serons enfin libres d'avancer.

J'acquiesçai d'un signe de tête.

— Mais d'ici là, il ne doit pas se douter que nous collaborons.

— Tout ça paraît très amusant, dit Sai sur un ton ironique, mais comment, exactement, sommes-nous censés le piéger pour l'amener à faire ce que nous voulons?

— J'en fais mon affaire, répondis-je. Je vais lui parler, d'une artiste à un autre.

★

Quand je traversai l'entrée du chapiteau, je sentis une sorte de barrière invisible, comme si un champ de force essayait de me garder en dehors. Ou bien essayait-il de garder quelque chose à l'intérieur? Je secouai la tête et persévérai, suppliant mon imagination de cesser de s'écarter de la raison et de la logique. Il n'y avait pas de champ de force.

Et si quelque chose se cache dans cette tente, cette chose veut que tu entres, observa allègrement mon imagination.

Mes trois amis me suivirent. La Revenante et Nicolas restèrent cachés à l'extérieur afin que Beauregard ignore qu'ils nous aidaient. Des rangées de bancs en bois entouraient la piste. Des étoiles jaunes couvraient le sol. Un visage de clown géant était peint au milieu, exactement comme les revenants nous l'avaient dit. Une corde raide était tendue entre deux poteaux au-dessus de la tête du clown.

Sai analysa la longueur de la corde, puis il se pencha et posa ses mains sur ses genoux.

—Vous ai-je dit à quel point je déteste les hauteurs?

—Plus d'une fois, répondit Aaliyah.

—Est-ce un vrai canon? demanda Jason, incrédule.

Ce l'était. Du moins, cela semblait l'être, avec des bandes peintes rouges et blanches.

Aaliyah se dirigea vers une petite plateforme près du milieu de la piste. Elle ramassa le fouet d'un dompteur de lions qui s'y trouvait. Elle frémit et le laissa tomber.

— Qu'est-ce qui t'arrive? demandai-je.

— Rien, dit-elle en frissonnant. C'est juste que... je n'aime pas cet endroit. Je ressens une mauvaise vibration.

Même si je ne le dis pas, je savais ce qu'elle éprouvait. J'avais l'estomac noué et je me sentais un peu étourdie. Le mauvais pressentiment était de retour, mais j'avais appris à vivre avec.

— Ça vient probablement de l'air d'ici, suggérai-je, dans un effort pour rassurer les autres. Il pue, comme de vieux champignons.

— Ça me rappelle un sac de sport rempli d'un vieil équipement de hockey trempé de sueur, dit Sai. Je crois que nous sommes tous d'accord pour dire que plus vite nous mettrons ce spectacle en branle, mieux ça vaudra. Alors comment faisons-nous apparaître le clown?

— Hum, à mon avis, il est déjà ici, dit Jason.

Plein d'ardeur, il mettait en marche son capteur EMF orange et noir. Il me fit signe de la main et tapota l'écran. Le nombre 65 apparut sur l'écran numérique.

— Tout chiffre entre zéro et dix indique un faible taux d'anomalie dans les champs électromagnétiques environnants. De onze à cent, c'est un taux moyen. Plus de cent, c'est élevé et on entendra un signal sonore... Si vous entendez ça...

Le chiffre grimpa à 101 et le capteur se mit à sonner.

— Ç'a été rapide, remarqua Jason, impressionné.

102, 103, 104... Les chiffres augmentaient à un rythme régulier. 105, 120, 125, 130, 135 pour enfin s'arrêter à 137.

Tous les muscles de mon corps se tendirent, mais de quoi avais-je peur? Je savais déjà que le chapiteau était hanté et je voulais voir Beauregard apparaître. Mais cela ne rendait pas la situation moins terrifiante. *C'est normal d'avoir peur,* me dis-je. *Mais ne laisse pas la peur avoir raison de toi.*

— Oh non! s'écria soudain Jason.

— Quoi? demandai-je, prise de panique. Cent trente-sept, c'est un mauvais signe?

— Non, je viens juste de m'apercevoir que j'ai oublié les bâtonnets au fromage dans ma roulotte.

Je poussai un soupir de soulagement, mais Aaliyah n'avait pas l'air rassurée.

— C'était peut-être une mauvaise idée, Zoé, dit-elle.

— Soit dit en passant, je pense comme Aaliyah, dit Sai.

J'inspirai profondément.

— Il n'y a aucune raison de paniquer, dis-je le plus calmement possible. Ce n'est pas comme si Beauregard était...

Je me tus en voyant l'expression épouvantée de Jason. Il regardait fixement derrière moi en secouant lentement la tête.

—Jason? demandai-je, tout en haïssant le ton pathétique de ma voix.

Il pointa un doigt tremblant par-dessus mon épaule et cela confirma mes craintes.

—Il est juste derrière toi.

dix-huit

Je me retournai lentement. Beauregard se tenait au centre du chapiteau, à environ cinq mètres de moi. Immobile comme une statue, il souriait. On aurait dit une hyène qui venait de tomber sur une carcasse abandonnée.

Je déglutis et m'obligeai à rester calme.

— Beauregard, dis-je.

— Zoé, répondit-il.

— Tu connais mon nom.

— Évidemment, dit-il. La petite soirée, hier, dans mon palais des glaces, ce n'est pas le seul moment que nous avons passé ensemble. Je vous ai tous observés, de plus en plus fébrile à l'approche de cet instant. J'ai tellement hâte de vous faire rire et pleurer... puis mourir.

— Nous sommes venus de notre plein gré, dis-je. Comme moi, tu es un artiste, alors je te comprends. Tu veux présenter ton spectacle et pour ça, tu as besoin d'un public. Comme nous voulons seulement que tout ça finisse, nous y assisterons et nous ne t'embêterons plus si tu nous laisses partir. Ainsi, tout le monde obtiendra ce qu'il désire.

Beauregard fit une pause, inclina la tête et sembla réfléchir à ma proposition.

—Vous acceptez d'être volontairement mon public?

Je faillis éclater de rire, en partie à cause du choc et en partie parce que j'étais soulagée. Je n'avais pas pensé que ça marcherait.

—Oui! Bien sûr que nous acceptons!

Beauregard se mit à rire, d'abord tout bas et lentement, puis plus fort et plus vite. Il sécha une larme.

—Seigneur! s'écria-t-il. Si tu avais vu ton expression!

Il m'imita en écarquillant les yeux, un sourire plein d'espoir plaqué sur son visage, puis il se remit à rire en se tapant le genou, cette fois, et en essuyant des larmes imaginaires.

—Ma chère enfant, laisse-moi te dire une chose : j'admire ton optimisme naïf. Vraiment. Je vais faire en sorte que votre mort soit la plus douce possible.

Son sourire était si grand que sa bouche couvrait presque entièrement la moitié inférieure de son visage, tout comme cela avait été le cas avant qu'il nous attaque, Aaliyah et moi, dans le Rire aux larmes. Je compris aussitôt que nous étions en danger.

Sans me laisser le temps de réagir, Beauregard leva

sa main droite et claqua des doigts. J'entendis grésiller l'électricité, toutes les lumières s'éteignirent et la tente fut plongée dans le noir absolu. Désespérément impuissante, j'écoutai les bruits autour de moi. Le rire de Beauregard flottait de gauche à droite et d'avant en arrière. La lumière clignota tandis que j'entendais, l'un après l'autre, Aaliyah, Sai et Jason crier, grogner, hurler de douleur. Puis, de quelque part dans l'obscurité, Beauregard saisit mes bras, les tordit dans mon dos et me donna une forte poussée qui m'obligea à avancer. Les lumières clignotèrent de nouveau et je sentis quelque chose de très chaud autour de mes poignets. Je tentai de dégager mes bras, mais j'avais les poignets liés. Beauregard m'assena un coup sur les épaules et j'atterris brutalement sur quelque chose de dur.

J'entendis un autre claquement de doigts et les lumières se rallumèrent. J'étais assise sur un banc dans une des premières rangées et mes amis étaient à côté de moi. Ils avaient eux aussi les mains derrière le dos, liées avec une mince mèche qui évoquait de l'électricité d'un blanc bleuâtre.

Debout en face de nous, Beauregard arborait un sourire maniaque, mais il paraissait également un peu fatigué, comme si ce qu'il venait de faire avait drainé son énergie. Il inspira profondément et leva les mains. Les lumières clignotèrent et, contre toute attente, quatre petits traits qui ressemblaient à de minuscules éclairs volèrent directement vers nous. En un clin d'œil, nos chevilles furent ligotées par de minces lignes de lumière bleue, comme nos poignets. Beauregard semblait à présent complètement épuisé et impuissant. Il n'empêche que nous étions piégés.

— Des liens électriques? s'étonna Sai. Pourquoi n'a-t-il pas utilisé — oh, je ne sais pas — de minces ballons pour nous maîtriser?

— Je savais que les esprits pouvaient contrôler l'électricité jusqu'à un certain point, mais ce truc est d'un niveau supérieur, observa Jason, admiratif.

— Je me réjouis de savoir que ça plaît à l'un d'entre nous, grinça Aaliyah.

— Ne vous inquiétez pas, murmurai-je discrètement. Le plan fonctionnera quand même.

Mais était-ce vrai? Je commençais à éprouver de sérieux doutes. La Revenante et Nicolas nous avaient dit que Beauregard était puissant, et le fait qu'il puisse arriver à canaliser l'électricité pour nous ligoter en était une preuve supplémentaire. Utiliser ce pouvoir semblait au moins le ralentir temporairement, mais pas assez à mon goût. Debout en face de nous, il étendit les bras.

— Mesdames et messieurs, garçons et filles, enfants de tous âges, commença-t-il en pivotant sur lui-même, s'adressant à la tente presque vide.

Il se tourna de nouveau vers nous et nous regarda fixement. Il avait cessé de rire et de sourire. Il semblait franchement courroucé.

— Le moment est venu de commencer le spectacle.

Je me débattis pour libérer mes jambes et mes bras, mais les liens électriques ne bougèrent même pas. Je ne pouvais rien faire.

J'eus alors une idée.

— La dernière fois que tu as exécuté toutes les fonctions du cirque, il y a plus de quatre-vingts ans, tu es mort. Tu n'es ni un dompteur de lions ni un trapéziste. Tu n'es qu'un clown idiot. Et personne n'aime les clowns.

Les lèvres de Beauregard se plissèrent en un rictus et ses yeux se rétrécirent. Je perçus un faible bruit, comme un gargouillement assourdi, à l'arrière de sa gorge.

— Zoé? souffla Aaliyah, découragée. Qu'est-ce que tu fais?

Je l'ignorai et poursuivis sur ma lancée dans l'espoir que cette manœuvre désespérée porterait ses fruits.

— Mais nous sommes tous les quatre — pas seulement moi — des artistes de la scène, nous aussi. Si tu nous libérais, nous pourrions présenter ensemble un spectacle bien meilleur, bien plus impressionnant que celui que tu donnerais tout seul.

Beauregard rugit si fort que les lumières du cirque scintillèrent rapidement et s'éteignirent. Quand elles se rallumèrent un instant plus tard, Beauregard se tenait juste devant moi. Le regard fou, les lèvres étirées dans son visage, il pencha la tête et s'arrêta à quelques centimètres à peine de mon nez. Ses dents étaient assez proches pour lui permettre d'arracher un morceau de mon visage.

—Vous voulez jouer dans mon spectacle? demanda-t-il.

— Oui, répondis-je.

Nos têtes étaient si près l'une de l'autre que je craignais de hocher la mienne.

Beauregard pouffa de rire.

—Maintenant que tu en parles, ce pourrait être très amusant.

Il nous regarda tous les quatre, à tour de rôle, puis il sourit.

— En place, tout le monde. Le spectacle est sur le point de commencer!

Je fus soudain debout, mais complètement démunie. J'avais l'impression d'être un pantin. Beauregard nous contrôlait, mes amis et moi, avec les liens électriques. Il fit volte-face et retourna au centre de la piste. Nous fûmes tous les quatre tirés derrière lui comme si le clown nous tenait en laisse. Nous nous arrêtâmes brusquement et il marcha autour de nous en un cercle rapproché.

Mes amis se séparèrent et se mirent à marcher dans

trois directions différentes. Beauregard me laissa là où j'étais et le doute commença à m'envahir. J'avais espéré qu'il libère nos membres, mais il était indubitablement trop intelligent pour le faire. Avais-je exagéré? Poussé Beauregard trop loin? Mordrait-il au dernier appât que je devais encore agiter devant lui? La Revenante et Nicolas apparaîtraient-ils? Je me sentais de plus en plus inquiète, mais il était désormais trop tard pour reculer.

Mes trois compagnons parvinrent aux destinations que Beauregard leur avait assignées.

Jason se glissa dans le canon.

— Zoé? dit-il, impuissant, avant de disparaître.

Sai grimpa en gémissant une échelle qui menait à la plateforme de l'acrobate trois ou quatre étages plus haut.

Aaliyah monta sur celle du dompteur de lions et ramassa le fouet. Elle regarda nerveusement autour d'elle, manifestement terrifiée à l'idée que Beauregard ait caché un lion quelque part dans les coulisses. Sinon, pourquoi l'aurait-il conduite là?

Il leva les mains dans les airs et des étincelles d'électricité zigzaguèrent entre ses doigts. Il dirigea vers moi son regard brûlant.

— Tu devrais peut-être reculer d'un demi-pas.

Je fus forcée d'obéir au moment où un trou d'un mètre de diamètre s'ouvrit là où je me trouvais un battement de cœur auparavant. Un lion adulte bondit sur le sol et le trou se referma, ce qui fit rire et crier de joie Beauregard. Une légère lueur bleue irradiait de la fourrure de l'animal qui rugissait assez fort pour que je sente les réverbérations dans mes tympans. Fantôme ou non, le lion était de toute évidence dangereux. Il renifla d'un air narquois dans ma direction et je sentis mes entrailles se liquéfier, puis il tourna en rond autour d'Aaliyah. Elle se mit à pleurer en silence.

—Vous vous demandez sans doute quel rôle vous jouerez dans le spectacle très spécial de ce soir, dit Beauregard.

Il semblait exténué et hors d'haleine, sans doute parce qu'il avait ouvert le portail menant au royaume souterrain et convoqué le lion.

—Tu as congé ce soir, Zoé, tu l'as bien mérité. Tu vas rester ici à côté de moi et regarder tes amis mourir.

dix-neuf

Je regardai le lion, puis le canon, puis Sai debout sur la mince plateforme haut dans les airs, et je déglutis. Je devais garder mon sang-froid. Je devais continuer; il n'y avait plus de retour en arrière possible.

Je m'éclaircis la voix et m'obligeai à parler.

— Une personne, ce n'est pas un public.

Les yeux de Beauregard quittèrent le lion pour se poser sur moi. Son sourire disparut.

— Qu'est-ce que tu as dit?

— J'ai dit qu'une personne, ce n'était pas un public. J'ai lu des choses sur toi et sur tes débuts à Pennyland. Tu remplissais ce chapiteau tous les soirs, sept jours par semaine. Les gens adoraient ton spectacle. Mais qu'en est-il à présent?

Je haussai les épaules et regardai la tente en agitant mes mains liées vers les gradins pour mettre l'accent sur leur vacuité.

— Ça n'intéresse personne. De nos jours, les gens détestent les clowns. Le monde a changé. Tu es juste trop têtu — ou imbécile — pour l'accepter.

Beauregard saisit mon poignet et le serra. De l'électricité crépita dans ses cheveux tandis qu'il grondait et me dévisageait avec une fureur absolue. J'eus l'impression d'avoir le bras recouvert de glace. Cette sensation de froid se répandit rapidement dans mon être et j'essayai désespérément de respirer. Avec mes mains et mes pieds ligotés, je ne pouvais ni me défendre ni m'enfuir. Mon rythme cardiaque sembla ralentir. Ma vue se brouilla. Je me sentais épuisée, comme si on retirait la vie de mon corps et que je ne pouvais arrêter le processus.

Prise dans l'étreinte de Beauregard, je m'affaissai vers l'avant et il me relâcha avec un grognement dégoûté.

— Malgré la joie et le bonheur que j'éprouverai en te tuant, il est trop tôt. Je ne veux pas que tu meures avant que le plaisir commence. Tu as raison, une personne, ce n'est pas un public et tu as également raison quand tu dis qu'aujourd'hui, les gens n'apprécieraient pas mon spectacle.

Il porta ses poings fermés à ses yeux et fit semblant de pleurer en exagérant ses sanglots. Puis il sourit.

— Mais les gens de mon époque l'aimeront.

J'avais beau être exténuée et endolorie, je sentis une lueur d'espoir s'allumer en moi. Beauregard avait mordu à l'hameçon. Je veillai pourtant à ne pas sourire ni à faire quoi que ce soit susceptible de trahir ce que j'éprouvais. Je ne pouvais lui laisser soupçonner que la graine que j'avais semée dans son esprit était en train de germer.

Il leva de nouveau les mains dans les airs et rouvrit le portail du royaume souterrain.

Après quelques instants, j'entendis des voix venues d'en bas. Un petit garçon flanqué de deux adultes émergea du trou. Ils portaient des vêtements démodés et l'enfant avait un cornet de barbe à papa dans les mains. Un grand sourire s'épanouit sur son visage quand il vit ce qui l'entourait.

—Nous sommes au cirque! s'exclama-t-il. Merci, maman! Merci, papa!

Le gamin et ses parents furent suivis par une file continue d'esprits venus d'un autre temps. Des enfants, des adolescents, des adultes. Ils prirent place sur les bancs et le chapiteau fut bientôt bondé. Beauregard avait son public.

—Maïs soufflé! cria un homme, qui portait un plateau à friandises en bandoulière. Venez chercher votre maïs ici! Maïs soufflé frais, bien chaud!

Une femme portait un plateau de boissons et une autre poussait un petit chariot rempli de babioles et de jouets sur le thème du cirque.

— Quelle vue! me souffla Beauregard, enchanté de la foule qu'il avait convoquée.

Il semblait encore plus fatigué qu'auparavant. Le portail du royaume souterrain se contracta lentement tandis que je scrutais le public à la recherche de la Revenante et de Nicolas.

Allez, allez, venez. Où sont-ils? Qu'est-ce qu'ils attendent?

Le moment était idéal pour faire tomber Beauregard, mais le trou se refermait et, en même temps, le moment propice nous échappait.

Je les repérai enfin : ils flottaient à travers un des murs du chapiteau... mais il était trop tard. Le portail s'était refermé.

Non! Mon cœur se serra. Cela avait été notre seule et unique chance de nous débarrasser de Beauregard avant qu'il nous tue, et je n'avais aucune idée de ce qu'il fallait faire pour l'arrêter.

J'entendis un craquement sonore et toutes les lumières s'éteignirent. Sauf une : un projecteur dirigé vers Beauregard.

— Et... on... commence, me chuchota-t-il du coin de sa bouche.

Puis il se tourna vers le public, ouvrit les bras dans un geste de bienvenue et sourit.

— Êtes-vous prêts à vivre des émotions? demanda-t-il d'une voix forte, jouant le rôle d'un maître de cirque. Le moment est venu pour l'acrobate de s'envoler dans les airs. Mais attention! Il n'y a pas de filet.

Sai fut forcé de faire un pas mal assuré en avant. Le bout de ses chaussures dépassait du rebord de la plateforme. Ses bras jaillirent et saisirent le trapèze.

—Le canon va maintenant éjecter le boulet humain, dit Beauregard. Vous serez surpris de voir à quelle distance il vole!

Ligotées par le lien électrique, les mains de Jason sortirent du canon et il fit un geste pour saluer la foule.

—J'ai gardé le meilleur pour la fin, conclut Beauregard. Notre dompteuse de lions osera-t-elle affronter la bête? Attention aux mâchoires. Elles mordent! Attention aux griffes. Elles attrapent!

Aaliyah fit claquer le fouet pendant que le lion rôdait autour de sa plateforme. L'animal rugit et la foule se déchaîna.

—Que le spectacle commence! cria Beauregard.

Sai fit un pas hors de la plateforme, la mèche à l'arrière du canon s'alluma et le lion leva une de ses grosses pattes pour frapper Aaliyah.

—Attendez! hurlai-je.

Beauregard leva une main et tout s'immobilisa : Sai, la mèche allumée, le lion et même le public. Le clown contrôlait tout.

—Que se passe-t-il, Zoé? me demanda-t-il. J'espère pour toi que ça en vaut la peine.

Je n'avais aucune idée de ce que j'allais dire, mais je savais que je devais l'arrêter avant que mes amis meurent.

—Si tu nous tues, mes amis et moi, nous resterons ici pour te hanter à jamais. Nous trouverons un moyen pour te faire bouger. Nous te forcerons à descendre au royaume souterrain.

Beauregard se désopila et le public se dégela un instant pour se joindre au concert de rires.

—Eh bien, eh bien, eh bien. Tu ne manques pas d'imagination, n'est-ce pas, Zoé? Tu crois vraiment qu'à vous quatre, vous pourrez m'arrêter après votre mort?

—Je crois que tu es moins fort que tu le prétends, répondis-je, réfléchissant à toute vitesse.

Je n'avais pas de plan défini et j'improvisais au fur et à mesure. C'est alors que, heureusement, j'eus une nouvelle idée.

—Tu as été exténué chaque fois que tu as contrôlé l'électricité ou ouvert le portail du royaume souterrain. Il ne te reste plus assez de force pour le rouvrir. Nous nous échapperons. Nous trouverons comment ouvrir nous-mêmes le portail…

J'avais gardé le coup fatal en réserve.

—Lon Beaumont.

— SILENCE! vociféra Beauregard.

Il montra les dents et me jeta au sol. Debout au-dessus de moi, il posa son soulier trop grand sur moi pour m'empêcher de me relever.

— Ce nom n'existe plus pour moi. Cet homme est mort pour moi. Je suis le seul et unique Beauregard!

Ça avait fonctionné. Jason avait dit que les noms des esprits détenaient un peu de pouvoir sur eux. Le nom de Beauregard avait celui de provoquer sa fureur... et, c'était à espérer, de le faire agir stupidement.

Il s'agenouilla et mit sa main sur mon dos. Je sentis soudain mes poumons se vider de leur air et il me devint impossible de respirer. J'avais l'impression que mes côtes étaient sur le point de se casser. Quelque chose dans son contact semblait aspirer toute la vie de mon corps. J'avais déjà éprouvé cette sensation, quand la Revenante m'avait saisie à la gorge dans le Rire aux larmes. Des étoiles dansèrent dans mes yeux et le monde se mit à tourner autour de moi. Beauregard attrapa ma tête et la tourna de côté.

— NE DOUTE JAMAIS DE MON POUVOIR! rugit-il.

Sa main libre se tendit vers le centre de la piste.

Je ne pouvais plus respirer, j'avais mal au dos, le torse en feu et ma vision se rétrécissait jusqu'à ne plus distinguer qu'un minuscule cercle de lumière.

Des étincelles sautillèrent entre les doigts de

Beauregard et le trou dans le sol s'ouvrit de nouveau, plus lentement qu'auparavant. Mais je savais que, cette fois, c'était pour moi.

La dernière chose que je vis, ce fut Nicolas et la Revenante qui se précipitaient vers nous dans un tourbillon de brume. Nicolas s'attaqua au clown et le traîna vers le portail, mais la Revenante vint à mon secours. Je ne comprenais pas pourquoi elle n'aidait pas son ami à faire tomber Beauregard — il ne me restait plus assez de matière grise. Ma dernière pensée fut d'espérer qu'Aaliyah, Sai et Jason — trois des quatre mousquetaires — parviennent à survivre. Sinon, ma mort aurait été dénuée de sens.

Je pris une dernière inspiration. Mon cœur battit pour la dernière fois. Je fermai les yeux et je mourus.

CHAPITRE
vingt

Le noir...

Le néant...

Flotter dans un monde vide...

Et puis...

On aurait dit que des câbles de démarrage venaient de remettre mon corps en état de marche. Je parvins à m'asseoir et j'aspirai une grande goulée d'air. La Revenante était accroupie devant moi et son visage exprimait un mélange de nervosité et de soulagement. Elle regarda ma poitrine et mon regard suivit le sien. Sa main était à l'intérieur de moi. J'éprouvai une très étrange sensation de chatouillement quand elle la retira.

—Ton cœur avait cessé de battre, dit-elle. Je l'ai réanimé.

—Merci, répondis-je en massant mon dos endolori. Comme tu m'as sauvé la vie, je suppose que je ne peux pas être trop fâchée que Nicolas et toi ayez été en retard.

—Désolée. Nous avons un peu paniqué et hésité à l'extérieur du chapiteau, se justifia-t-elle.

J'allais lui tapoter le dos quand je me rappelai qu'elle était un fantôme et que ma main, désormais libérée de ses liens électriques, passerait à travers elle.

—Je comprends, dis-je. Je plaisantais. Vous êtes arrivés juste à temps, et c'est ce qui compte.

—À l'aide! hurla Nicolas à quelques mètres de nous.

Bien qu'il fusse pratiquement vidé de son énergie après avoir fourni l'effort d'ouvrir le portail du royaume souterrain trois fois de suite, le clown livrait encore un combat désespéré.

J'essayai de me relever, mais la Revenante leva la main pour m'arrêter.

—Il faut que ce soit nous. Nous devons le forcer à traverser le portail sinon nous ne serons jamais libres.

Elle se leva pour aller au secours de son ami.

—Attends, dis-je.

J'avais besoin de savoir quelque chose avant qu'elle parte.

—Comment t'appelles-tu? Les noms exercent un pouvoir et je veux m'assurer de me souvenir de toi par ton nom.

Un sourire fugitif éclaira son visage.

—Florence, dit-elle.

Elle franchit en volant la courte distance qui la séparait

de Nicolas et mit ses bras autour de Beauregard. Le clown fut incapable de résister aux deux esprits en même temps. Ils trébuchèrent tous les trois sur le rebord et dégringolèrent dans l'abîme.

La dernière chose que je vis avant qu'ils ne disparaissent, ce fut la peur qui envahit le visage de Beauregard. Il ne riait plus, il ne pleurait pas non plus. Son visage n'exprimait plus qu'une seule émotion : la terreur.

Les liens électriques autour de mes chevilles et de mes poignets pétillèrent puis disparurent et je fus de nouveau capable de bouger librement. Aaliyah sauta de son piédestal. Elle s'éloigna du lion au moment où la bête émergeait de sa torpeur et donnait un coup de patte dans l'air là où mon amie s'était tenue. Elle s'élança à mes côtés. Au lieu de la suivre, le lion bondit vers le portail et sauta dans le trou qui se refermait lentement. Sentant qu'ils étaient sur le point d'être piégés sans possibilité de réintégrer le royaume souterrain, les fantômes encore présents — le public convoqué par Beauregard — sortirent également de leur transe et se ruèrent à la suite du lion. Ensemble, ils se déversèrent à travers le portail comme une cascade lumineuse. Bientôt, ils furent tous retournés là d'où ils étaient venus.

Le silence qui s'ensuivit était surnaturel.

Jason émergea du canon et se leva, quelque peu chancelant.

—Encore une fois, je *déteste* les hauteurs, cria Sai depuis la plateforme dans les airs.

Aaliyah et Jason l'aidèrent à descendre et ils me rejoignirent tous les trois au centre de la piste.

—Je n'arrive pas à croire que tu l'aies fait! s'exclama Aaliyah en me serrant très fort dans ses bras. Je n'ai jamais douté de toi, bien sûr.

—Inutile de mentir, dis-je en riant. J'avais des doutes, moi aussi. Et sans Florence et Nicolas, nous n'aurions pas réussi.

J'étais contente d'employer son nom, et heureuse qu'elle m'ait fait assez confiance pour me le révéler. Je me sentais encore mieux en étreignant Aaliyah et je savais qu'après tout ce que nous avions traversé, nous serions des amies pour la vie, peu importe où elle nous mènerait.

—Tu as été incroyable, dit Sai. C'était peut-être ta meilleure performance, et ce n'est pas peu dire.

—Merci, Sai. Venant d'un comédien aussi doué que toi, ça signifie beaucoup pour moi.

—Que s'est-il passé? demanda Jason qui, piégé à l'intérieur du canon, n'avait rien vu.

Nous lui racontâmes donc tout en détail.

—Comme ça, vous me dites qu'une centaine de vieux spectres et un lion fantôme ont été convoqués dans cette tente avant qu'un couple d'esprits vengeurs traîne un clown fantôme maléfique à travers un portail interdimensionnel menant à un royaume souterrain? fulmina-t-il, frustré. Et que la seule personne ici présente à être obsédée par le paranormal a tout *raté?* ajouta-t-il.

— En résumé, oui, dit Sai.

— Je vous déteste tous, déclara Jason avec une bonne humeur remarquable vu les circonstances.

Il mit une main sur son estomac qui gargouillait.

— Quelqu'un d'autre a faim?

— Comment peux-tu penser à la nourriture en ce moment? s'étonna Aaliyah.

Jason haussa les épaules.

— La chasse aux fantômes ouvre toujours l'appétit. Zoé me comprend.

Je hochai la tête.

— Je ne dirais pas non à un sachet de bâtonnets au fromage, approuvai-je. Format familial.

— Vous voyez? dit Jason.

Les yeux écarquillés, il fit un geste vers un plateau de grignotines éparpillées sur le sol près de la première rangée de bancs.

— Est-ce bien ce que je pense?

— C'est du maïs soufflé, confirmai-je. Apparemment, le vendeur a laissé tomber son plateau dans sa hâte de retourner au royaume souterrain et les friandises sont restées ici.

Jason fit un pas vers la nourriture, mais Sai lui agrippa le bras, l'obligeant à s'arrêter.

—Hé, mon gars, c'est du maïs soufflé *fantôme*.

Jason se libéra, ramassa quelques sachets à demi remplis et revint vers nous.

—Ne vous inquiétez pas. Je vais partager.

—Tu plaisantes, dit Sai.

—Il n'est pas question que je mette ça dans mon corps, renchérit Aaliyah.

Jason me tendit un des sachets en souriant d'un air encourageant.

—Merci, mais je passe mon tour, dis-je sur un ton que j'espérais poli.

—Comme tu voudras, dit Jason qui vida le maïs d'un des sachets dans l'autre. Il y en aura plus pour nous, je veux dire plus pour moi.

—Vas-tu vraiment manger ça? demanda Sai. Tu ne sais pas quel effet ça aura sur toi.

Jason répondit en enfournant une poignée de maïs soufflé. Il sourit en mastiquant, puis son sourire se figea, ses yeux s'agrandirent. Il semblait nauséeux et pris de panique. Il se mit à faire des bruits étranglés et porta sa main à sa gorge.

—Jason! cria Sai.

Jason cessa de jouer la comédie et pouffa de rire, recrachant une bouchée de maïs à demi mastiqués sur le sol devant lui.

—Tu te moques de nous! vociféra Sai.

—Allez, c'était pour rire, dit Jason.

Il m'offrit un sachet de maïs.

—Tu dois y goûter. C'est absolument délicieux.

J'acceptai le sachet et ressentit aussitôt une faim de loup. Je pris un grain de maïs soufflé, l'examinai de près, le reniflai et le léchai pour le mettre finalement dans ma bouche et le mastiquer. Je soupirai.

—Et alors? demanda Aaliyah sur un ton légèrement angoissé.

—C'est vraiment bon.

—Vous voyez? dit Jason qui sourit d'un air triomphant. Parvenir à goûter du maïs soufflé fantôme compense presque tout ce que j'ai raté pendant que j'étais coincé dans ce ridicule canon. Mes amis chez moi seront vraiment impressionnés.

Je tendis le sachet à Aaliyah et à Sai. Voyant que ni Jason ni moi n'étions morts ou métamorphosés en esprits, ils prirent chacun une poignée de maïs soufflé. Nous nous assîmes sur un des bancs et nous nous passâmes le sachet jusqu'à ce qu'il soit vide. Nous n'avions pas envie de nous séparer pour la nuit.

J'étais saine et sauve, assise épaule contre épaule avec mes amis, et c'était exactement là où je voulais être.

vingt et un

Clarice cria :

— Et c'est tout pour Zoé Winter!

Je venais de tourner ma dernière scène dans « La reine hurleuse » et les gens sur le plateau applaudirent à tout rompre. Bien que cinq jours aient passé depuis que nous avions envoyé Beauregard au royaume souterrain, je continuais de penser au clown et au chapiteau chaque fois que j'entendais des applaudissements.

Je souris et hochai la tête avec reconnaissance vers les comédiens et les membres de l'équipe qui m'entouraient.

— Merci à vous tous. J'ai trouvé ce tournage très... intéressant. Je suis fière du travail que nous avons tous accompli et j'ai très hâte de voir la version finale. Je ne veux pas porter malheur, mais je pense que cet épisode sera le meilleur de la série *Hurleurs*, celui dont on parlera le plus!

De nouveaux applaudissements retentirent, les plus

forts venant de mes trois amis. Tous ceux qui m'entouraient se firent des accolades et se tapèrent dans les mains.

— Beau travail, Zoé, dit Clarice en s'approchant de nous quatre. Tu as vraiment creusé loin au fond de toi et exploité des émotions puissantes pour cet épisode. Les choses ont commencé de façon couci-couça les premiers jours, mais ensuite, il m'arrivait d'oublier que tu jouais et de penser que tu croyais vraiment ta vie en danger.

— Ce plateau sinistre m'a aidée à entrer dans mon personnage, expliquai-je.

Clarice ne saurait jamais à quel point c'était vrai.

— Hé! C'est mon parc que tu traites de sinistre, protesta Henriette qui venait d'apparaître derrière nous.

— Oh! désolée, dis-je, confuse. Je ne voulais pas vous insulter, toi, Pennyland ou...

Henriette leva les mains et secoua la tête.

— Zoé, Zoé, Zoé, ça va! Je plaisantais, c'est tout. Ce n'est pas *mon* parc, je ne fais que travailler ici. Qui plus est, tu as raison : il est complètement sinistre!

Je poussai un soupir de soulagement et remarquai qu'Henriette portait enfin un uniforme à son nom.

— Beth est désormais chose du passé? dis-je en indiquant son badge.

— Je suppose que les propriétaires m'aiment assez pour avoir fait des folies et m'avoir acheté un badge à mon nom, répondit-elle. Je pense avoir maintenant travaillé ici plus longtemps que la plupart des techniciens en chef précédents. Dire qu'on parlait d'une malédiction!

—Tant mieux pour toi, Beth, dit Jason.

Sai lui donna un coup sur le bras.

—Hé! Zoé vient de dire son nom et, qui plus est, il est maintenant écrit en toutes lettres sur son uniforme.

—La semaine a été longue, se justifia faiblement Jason.

—Je voulais vous dire, reprit Clarice. J'ai parlé avec les propriétaires de Pennyland ce matin et ils aimeraient vous inviter tous les quatre ici pour la réouverture officielle du parc!

—Je viens! s'écria Jason.

—Moi aussi, dit Aaliyah.

—J'y serai, ajouta Sai.

—Alors, nous serons tous là, conclus-je.

Je commençais déjà à faire mes bagages dans ma tête. Je m'étais sentie un peu déprimée à la pensée que nous allions tous rentrer chez nous le lendemain, alors la perspective d'une réunion me remonta le moral.

—Je vois déjà le grand titre, dit Clarice. Zoé Winter, la reine hurleuse, fait un retour triomphal sur le célèbre plateau de *Hurleurs*.

Je ris, mais c'était un autre grand titre que je voyais dans ma tête.

ZOÉ WINTER, LA REINE HURLEUSE, TROUVE LE BONHEUR EN COMPAGNIE DE SES NOUVEAUX AMIS

C'était probablement le grand titre le plus ennuyeux de toute l'histoire des grands titres ennuyeux et il n'inciterait personne à lire le reste de l'article, mais c'était le seul que je voulais voir à l'avenir. Je souris et ris un peu pour moi-même.

Glenda s'approcha avec un homme que je n'avais pas vu depuis six mois.

— Salut, Jeremy, dis-je.

— Hé! Zoé, répondit Jeremy d'une voix chaleureuse.

Il portait un veston et un tee-shirt arborant les mots SOS Fantômes, sa marque de fabrique.

— On m'a dit que ce serait un épisode tout à fait mémorable.

— Attendez, l'interrompit Jason. Jeremy? Comme dans Jeremy Alexander Sinclair?

— Bien sûr! répondit Glenda. Tu ne te rappelles pas que, le premier soir, je vous ai informés qu'il nous rendrait visite à la fin du tournage?

— La semaine a été longue, dit Clarice à Glenda, répétant les paroles prononcées par Jason un peu plus tôt.

— Enchanté de faire votre connaissance, dit Jeremy en serrant la main à tout le monde. Toi, tu es Jason, c'est bien ça?

Le visage de Jason tourna au rouge betterave.

—Jeremy Alexander Sinclair connaît mon nom, murmura-t-il, subjugué.

—Juste Jeremy Sinclair, ou Jeremy. Ce n'est que sur les couvertures de mes livres qu'on écrit mon deuxième prénom.

—Couvertures de livres, s'exclama Sai en claquant ses doigts. Vous êtes l'auteur de *Hurleurs*.

—Je plaide coupable, répondit Jeremy.

—Tu viens seulement de t'en rendre compte? le taquina Aaliyah. Essaie de suivre!

Sai haussa les épaules.

—La semaine a... commença-t-il.

—Été longue! terminâmes d'une seule voix Clarice, Glenda et moi.

—Il est aussi l'auteur des *Côtes hantées*, une collection d'authentiques histoires de fantômes, dit Jason. Si seulement j'avais apporté mes exemplaires, vous auriez pu les dédicacer. J'ai lu tous les livres que vous avez écrits.

—En plus d'être un acteur, Jason est un chasseur de fantômes, fit remarquer Aaliyah. Et il est très doué. Il possède un genre de... d'équipement. Avec des boutons, des écrans et des détecteurs. Et il nous a tout enseigné sur l'importance des bâtonnets au fromage.

—Un garçon plein de sagesse, approuva Jeremy. Il ne

faut jamais sous-estimer la valeur des collations pendant une chasse aux fantômes. Pour ma part, je préfère le maïs soufflé.

Ce qui nous fit rire, mes amis et moi. Les adultes ne pouvaient savoir pourquoi nous avions trouvé la boutade de Jeremy si amusante.

— Quoi qu'il en soit, ne t'inquiète pas, dit Jeremy à Jason. Je me ferai un plaisir de t'envoyer un exemplaire dédicacé de mon dernier roman. Il traite d'un labyrinthe de maïs hanté et, bien, je vais te dévoiler une information : les choses augurent mal pour les personnages.

Jason ouvrit la bouche pour répondre, mais il ne put prononcer un seul mot. Pour la première fois depuis que j'avais fait sa connaissance, il était sans voix. Il ferma la bouche et hocha la tête, l'air sur le point de fondre en larmes.

— Je regrette, tout le monde, mais monsieur Sinclair est au milieu d'une tournée de promotion et son prochain vol est à quinze heures, dit Glenda. Nous devons partir.

Sai me regarda et haussa un sourcil.

— Cinq heures?

Je secouai la tête.

— Trois heures, rectifiai-je.

Sai avait beau être brillant, j'avais passé la semaine à essayer de lui enseigner le temps militaire, sans résultats probants.

— Ma foi, j'ai été ravi de vous rencontrer, vous trois, dit Jeremy à Jason, Sai et Aaliyah. Et c'est toujours un plaisir de te voir, Zoé. Je regrette de ne pas pouvoir rester plus longtemps, mais je suis heureux d'avoir pu faire un arrêt à ce plateau pour vous dire de poursuivre votre beau travail.

Un photographe fit quelques photos promotionnelles de nous quatre avec Jeremy puis Glenda l'emmena, vérifiant sur son téléphone que tout était en ordre pour son vol.

— J'ai besoin de m'asseoir, dit Jason.

Il chercha du regard une chaise près de lui, mais, n'en trouvant aucune, il décida de s'asseoir sur le sol, jambes croisées. Il avait l'air d'être mort et arrivé au ciel.

— Alors Zoé, quels sont tes projets? me demanda Clarice. À part la saison trois de *Hurleurs,* tu as quelque chose en vue?

— Pas encore, répondis-je.

Je remarquai qu'elle cachait quelque chose derrière son dos et ma curiosité fut piquée.

— Qu'est-ce que tu as là?

— Un scénario, dit-elle en exhibant une grosse liasse de feuillets.

— Le prochain épisode?

Elle secoua la tête.

— Le scénario d'un long-métrage que j'ai écrit. Une adaptation, en fait.

— D'un livre?

— Non, pas d'un livre. Il s'agit d'un jeu vidéo dont tu as peut-être entendu parler.

Elle leva le scénario pour me permettre de lire le titre.

TUEUR DE FANTÔMES :
LES FANTÔMES NE MEURENT JAMAIS

— Qu'est-ce qu'un tueur de fantômes? demandai-je.

— Qu'est-ce qu'un tueur de fantômes? répéta Sai, incrédule.

— Zoé, *Tueur de fantômes* est en ce moment le jeu le plus populaire sur la planète, m'expliqua Aaliyah qui parlait lentement comme si j'avais la moitié de son âge ou la moitié de ses cellules grises. Tu n'en as jamais entendu parler, sérieusement?

Je haussai les épaules.

— J'étais occupée.

De plus, pensai-je, *je n'ai pas beaucoup d'amis de mon âge.*

Correction : Je n'avais pas beaucoup d'amis de mon âge... *avant aujourd'hui.*

— Et si vous me montriez comment jouer? proposai-je. Nous pourrions passer la nuit debout jusqu'à ce que nous gagnions la partie.

Assis par terre, Jason pouffa de rire.

— Bonne chance. Le jeu est impossible à battre.

—Aucun jeu n'est imbattable, dis-je en riant, mais personne ne rit avec moi. Pas vrai?

—Celui-ci l'est, dit Sai. Crois-moi, j'ai passé des heures à essayer.

—Alors, si le jeu est imbattable, comment le film finira-t-il? demandai-je à Clarice.

—Pour le savoir, tu dois lire le scénario, dit-elle en me le tendant. Je veux que tu joues le premier rôle.

Il pesait plus lourd que je m'y attendais, comme si, d'une certaine façon, il m'alourdissait au point de m'empêcher de bouger. Mon premier instinct fut de le feuilleter pour vérifier l'importance du rôle. Mais j'hésitai, le scénario continuait de me paralyser.

Je fis alors quelque chose qui m'étonna moi-même. Je rendis les feuillets à Clarice.

—Tu ne veux pas... le lire? fit-elle, nous regardant tour à tour, le scénario et moi.

—Ne le prends pas mal, Clarice. Je suis convaincue que c'est un excellent scénario et que cela peut sembler insensé de ma part de refuser un premier rôle...

Je déglutis, passai une main dans mes cheveux et inspirai profondément, les pensées se bousculant dans mon esprit. Faisais-je ce qu'il fallait? Étais-je en train de commettre une erreur? Allais-je le regretter plus tard? Je secouai la tête et me lançai.

—Mais je ne veux pas m'engager dans quoi que ce

soit pour le moment. Je veux juste un peu de temps libre pour... être moi.

Gentille, terre à terre, une fille normale.

Je me sentis soudain cent fois plus légère, et je sus que j'avais fait le bon choix.

Clarice sourit et hocha la tête.

— Ça va. Je peux le comprendre. Si le film obtient un grand succès, je pourrai peut-être te convaincre de signer pour la suite.

Je haussai les épaules et lui rendis son sourire, soulagée de voir que ma décision ne la perturbait pas.

— Qui sait? Peut-être. Mais pour l'instant, comme tu m'as demandé ce que j'allais faire, je crois que j'aimerais prendre des vacances avant la rentrée et le début du tournage.

— En Asie? demanda Aaliyah.

— En Europe? demanda Sai.

— Une virée en voiture pour visiter les lieux les plus hantés du pays? suggéra Jason.

— Jason est le plus proche, dis-je. J'aimerais rendre visite à chacun d'entre vous, si cela vous convient.

Jason se releva vivement et échangea des regards avec Sai et Aaliyah. Ils acceptèrent tous avec enthousiasme.

— Merveilleux! m'écriai-je. Faisons une photo ensemble pour célébrer la fin du tournage.

Aaliyah tendit son téléphone à Clarice et nous

prîmes la pose, les bras sur les épaules les uns des autres. Clarice prit quelques photos et rendit le téléphone à Aaliyah, qui le glissa dans sa poche.

— Oh! Allez, lui dis-je. Publier une image de nous dans Instagram ne fera pas de mal.

Elle sourit et reprit son téléphone.

— Bon, d'accord. Une seule publication.

Pendant qu'elle tapait sur son téléphone et que les garçons se disaient comme la perspective de passer une nuit blanche à jouer à des jeux vidéo était stimulante, je me remis à penser à *Tueur de fantômes*. *Un jeu impossible à battre. Pas de fin.* C'était une pensée séduisante. L'avenir n'était pas écrit. Il n'y avait aucun moyen de savoir ce qu'il réservait à chacun de nous. Mieux encore, on pouvait écrire sa propre fin, et si jamais je décidais de changer de vitesse et que je cessais pour toujours de jouer la comédie, eh bien, ce serait mon choix. Mais j'étais sûre que peu importait où se dirigeait mon avenir, je m'y rendrais avec mes nouveaux amis.

— Dites-moi juste une chose avant de commencer à jouer à *Tueur de fantômes*, demandai-je comme nous nous préparions à quitter Pennyland. Il n'y a pas de clowns dans ce jeu, hein?

À PROPOS DE L'AUTEUR

Joel A. Sutherland est auteur et bibliothécaire. Il a écrit plusieurs titres de la collection *Lieux hantés*, ainsi que *Be a Writing Superstar*, *La maison abandonnée* et des romans d'horreur pour adolescents regroupés dans la collection *Hanté*. Ses nouvelles ont été publiées dans plusieurs anthologies et magazines, où l'on trouve aussi des textes de Stephen King et Neil Gaiman. Il a fait partie du jury des prix John Spray Mystery et Monica Hughes pour la science-fiction et la littérature fantastique.

Il a participé en tant que « bibliothécaire barbare » à la version canadienne de l'émission à succès *Wipe-out* dans laquelle il s'est rendu au troisième tour, prouvant que les bibliothécaires peuvent être aussi acharnés et intrépides que n'importe qui.

Joel vit avec sa famille dans le sud-est de l'Ontario, où il est toujours à la recherche de fantômes.